DENISE BOMBARDIER

Ouf !

ROMAN

ALBIN MICHEL

*À la mémoire de mes tantes maternelles,
Lucienne, Irma et Edna Désormiers, qui
tout au long de leur dure vie n'ont cessé
d'éclater de rire.*

1

Parce qu'elle n'aimait pas les Anglais et aurait préféré rester vierge, ma mère m'a prénommée Jeanne-d'Arc. J'ai laissé tomber la particule à vingt-deux ans, suite à mon premier voyage en France où tout le monde s'esclaffait quand je me nommais. J'ai aujourd'hui cinquante ans, un âge immuable pour les prochaines années. Publicitaire la plus sollicitée et la mieux rémunérée en ville, ma vie amoureuse traîne de la patte. Mon ex, Georges, s'est envolé, puis a convolé avec une thérapeute, adepte des huiles essentielles. Cela fait trois ans, deux mois et – je regarde ma montre – cinq heures, vingt-sept minutes. Maud (j'ai adoré *Ma Nuit chez M.*) et Albert (Ah ! *Belle du Seigneur*), mes jumeaux, majeurs depuis peu, vivent avec moi, ou plutôt chez moi comme à l'hôtel. « Un cinq étoiles », selon ma fille. L'hébergement, les fringues, les CD, DVD, l'argent de poche et, je suppose, les joints, je casque. Georges, qui se prépare à s'épanouir dans une paternité XXIe siècle, paie la scolarité et les sports. Les enfants abhorrent les sports. Georges économise par défaut et je dépense sans compter en bonne monoparentale culpabilisée qui n'a pas été capable de retenir son mari. Je paie pour avoir privé les enfants d'une vie de famille qui leur aurait permis d'organiser un jour nos noces d'or à leur père et moi. C'est lui qui est parti et c'est moi qui me sens coupable. Je suis féministe mais cruche. Le paradoxe est mon royaume.

C'est à Woodstock, dans la boue, que j'ai vécu mon Grand Soir dans les bras d'un étudiant de Princeton, aujourd'hui juge à la cour d'appel de l'Arizona. Je n'ai pas joui, parce qu'à l'époque j'ignorais si j'étais clitoridienne ou vaginale et mon Américain est venu trop vite pour me le démontrer. Mais il n'y a vu que du feu puisqu'à ce jour, il a maintenu le contact. Chaque Noël, je reçois une carte représentant Craig avec sa femme et ses quatre enfants. Il aurait, c'est lui qui le dit, gardé de mon corps un souvenir impérissable. Sans doute avait-il trop fumé. Personnellement, ses caresses m'avaient paru plus excitantes que la gymnastique à laquelle il m'avait soumise par la suite et qui avait provoqué son éjaculation précoce dans la tente humide plantée sur le bas-côté d'une route secondaire trop fréquentée.

L'alléluia de la jouissance est venu plus tard, dans un lit confortable du chalet familial de mon amie Louise qui a débuté là sa carrière d'entremetteuse. C'était avec son cousin Pierre-Paul, un timide, amant inépuisable après deux bières et trois inhalations d'un joint. En dehors du lit, il m'ennuyait avec sa passion pour les roches ignées et sédimentaires.

L'ennui complique mon existence. Je le détecte à distance, chez les hommes en particulier. « Bonjour, comment allez-vous ? » et je sais déjà si mon interlocuteur réussira le test. Georges l'a passé. Jamais je ne me suis ennuyée avec lui. Pour tout dire, son mystère s'est épaissi au cours de notre vie commune. J'aimais l'idée qu'il m'échappe, qu'il possède des passions inconnues de moi. Alors, gourde, je n'ai rien vu venir. Son intérêt croissant pour le parapsychologique, les courants ésotériques, je l'expliquais par sa curiosité scientifique. Un biochimiste est à l'abri de la pensée magique, me disais-je.

Quand il s'est mis à parler de l'épanouissement de son moi et à faire des incursions dans les magasins d'aliments naturels, j'ai souri. Puis, au fur et à mesure que les pots de gélules d'ail, les capsules de ginkgo biloba, de schisandra se sont accumulés dans le garde-manger, j'ai commencé à le regarder de travers. Une fin d'après-midi où une migraine m'avait ramenée à la maison plus tôt que prévu, je l'ai découvert dans la position du lotus au milieu du salon. « Qu'est-ce qui te prend ? » me suis-je exclamée. « Je médite », a-t-il répondu avec le regard délavé et le sourire flottant de Krishna. « T'es fou ! » me suis-je écriée malgré le mal de tête. « Je ne me suis jamais senti aussi bien. C'est bon d'être fou. » A partir de ce jour, la migraine, lancinante, ne m'a plus lâchée et mon mari s'est progressivement évaporé dans les brumes sidérales de stages de yoga, cours de taï-chi, diètes aux lichees et thérapies cosmiques, alors ne comptez pas sur moi pour me pâmer sur les astronautes qui se promènent en orbite. D'ailleurs, j'ai perdu la capacité de me pâmer. J'ai opté pour la dérision. Ça déstabilise l'interlocuteur et ainsi je contrôle la situation. Les surprises désormais, on repassera. Transposée au travail, la pratique de la dérision a amélioré mes performances. Un gros client, enchanté de mon slogan : « Ne filez pas à l'anglaise », vantant les mérites de son entreprise de pré-arrangements funéraires, m'a même offert, en bonus, un terrain au cimetière, pour une ou deux tombes selon qu'on les superpose et un cercueil en acajou massif avec l'intérieur en satin coussiné. Les contrats suscités par ma pub ont décuplé. Pour me l'annoncer, Monsieur croque-mort m'a même invitée à dîner plutôt qu'à déjeuner. Je l'emballe, paraît-il. Il l'a confié à Henri mon associé, en ajoutant que, divorcé depuis peu, les femmes seules le harcèlent. « Laissez-lui savoir à quel point je suis désiré. Ça va la flatter. » Henri m'exhorte à répondre à ses souhaits. « En sa compagnie, tu vas te sentir prise en charge et tu vas reposer en paix », a-t-il dit. « Va te faire foutre, lui ai-je aimablement répondu. La paix intérieure, j'ai donné, et la paix finale peut encore attendre. »

C'est incroyable, cette sollicitude de mon entourage depuis ma séparation. Ils sont tous là à vouloir me maquer. Pourtant, je ne me plains de rien devant eux. Je pleure, c'est vrai, mais seule dans l'auto, derrière mes lunettes de soleil. On dirait qu'au volant, la douleur se réveille. C'est peut-être le ronronnement du moteur, ou la manœuvre pour freiner, ou mon regard reflété dans le rétroviseur. A la maison, j'évite les miroirs, mais dans l'auto, je n'ai pas le choix. Toujours est-il que certains jours, des jours crasses, je prends des taxis. Parler avec les chauffeurs me remonte le moral. C'est dire à quel point il peut être bas.

Louise – au fait, elle est encore en retard – est mon amie la plus ancienne, la seule que j'ai gardée depuis l'adolescence. Comme moi, elle n'a jamais trompé son mari. Il en doute et elle alimente son doute. Je lui sers d'alibi parfois. De faux, bien sûr. Elle prétend être avec moi, ne me prévient pas, sort avec une autre copine et le pauvre Paul, qui poireaute, la cherche et finit par me téléphoner. Je bafouille, le rassure, raccroche et veux la tuer à chaque fois. Ça fait vingt-neuf ans qu'elle se joue de lui. « Les hommes sont des chasseurs depuis la nuit des temps, répète-t-elle à la ronde. Pour tenir un homme, il faut affamer son désir. » C'est le conseil qu'elle donne à toutes celles qui cherchent la perle rare ou, de nos jours, la perle d'eau douce car certaines femmes, en mal de mâles, sont prêtes à brader leurs exigences pour retrouver une deuxième brosse à dents dans leur verre sur le comptoir de la salle de bains. Louise s'épanouit en entremetteuse. Je crois même qu'elle trompe mentalement Paul à travers les intrigues amoureuses qu'elle met en scène. Je ne sais pas d'où lui vient cette allergie à voir une femme sans homme et un homme sans femme. Comme je lui dois personnellement, via son cousin, mon premier orgasme et qu'elle le sait, elle en a abondamment abusé depuis toujours. Je ne compte plus les services que je lui ai rendus. Jusqu'à envoyer à son mari des lettres anonymes décrivant les charmes de Louise et que je signais « un homme qui vous envie ».

Depuis quelques années, je la soupçonne pourtant de s'aventurer à la frontière de la fidélité. Elle sort souvent seule, c'est-à-dire sans Paul, et se consacre au rabattage des hommes libres. Ce soir, elle m'entraîne au lancement d'un ouvrage sur le droit du travail. Elle s'est acharnée sur moi pour que je l'accompagne car il y aurait là un fiscaliste à manger tout cru – c'est son expression – largué lui aussi par sa femme et avec lequel elle me voit quasiment en ménage. Il faut dire que son enthousiasme est à la mesure de sa capacité à magnifier les êtres. A ce jour, sur les six hommes qu'elle m'a présentés, après me les avoir vantés à outrance, deux ne fonctionnaient qu'aux antidépresseurs, le troisième m'a semblé gay, le quatrième portait un dentier, le cinquième dégageait une haleine de cheval et le dernier jouait l'étalon en rut.

Si Louise arrive à m'emberlificoter dans ses tentatives amoureuses c'est, je l'avoue, à cause de ma sentimentalité à la guimauve. Comme une idiote, j'espère. J'espère simplement qu'un Harrison Ford apparaîtra dans mon champ de vision et m'invitera à prendre un verre. Chaque rencontre pré-arrangée draine une énergie que je croyais disparue. Je change de vêtements deux, trois, quatre fois, m'estimant trop BCBG, pas assez décolletée et je me maquille, démaquille, change de rouge à lèvres. Durant la rencontre, spectatrice de moi-même, je me vois rire des niaiseries du « désigné » et je tente d'ignorer ses tics les plus évidents (un raclement de gorge), ses failles intellectuelles (ignorer Biedermeier), ses inélégances physiques (des doigts poilus jusqu'aux ongles). Cependant, c'est pire quand le candidat potentiel me plaît au premier abord. Là c'est plus fort que moi, je minaude. Or, imagine-t-on à quoi ressemble une minaudière de cinquante ans ? Il faut faire l'économie de son rire à cause des rides, ne pas trop soutenir le regard du ténébreux afin de contrôler la montée du désir sexuel en réveil, ne pas avancer la main au-delà du milieu de la table pour ne pas sembler quêter une caresse, avoir l'air fascinée et concentrée sur la conversation même si on ne pense qu'à embrasser ces lèvres charnues qui, dans l'instant, débitent le cours de la Bourse. Dans ce cas de figure, l'après-rencontre ressemble à un post-partum. Le moral s'effondre. Appellera-t-il ? Appellerai-je ? Le plus souvent l'amour-propre prend le dessus : pourquoi ferais-je le premier pas vers un homme qui m'intéresse si peu ? Je préfère toujours ne pas entendre la réponse.

Si Louise n'arrive pas d'ici huit minutes, je mets un pyjama et m'écrase devant la télé avec une vodka on the rocks. C'est en lisant les romancières anglo-saxonnes que j'ai développé l'habitude de l'apéro qui se prolonge en digestif. Toutes leurs héroïnes boivent. Particulièrement les divorcées. Je ne veux pas être en reste. Les Américaines boivent surtout du scotch, des dry Martini et du southern comfort. Je préfère l'alcool russe qui épaissit au congélateur. Après deux verres, ramollie, j'écoute Frank Sinatra, Leonard Cohen, Janis Joplin et je m'apitoie sur mon sort. Les vieilles mélodies font remonter les vieilles émotions. Ce sont les plus durables, les plus familières aussi. Pourquoi Louise se fait-elle attendre alors qu'elle sait à quel point je déteste attendre ? Elle doit penser qu'un homme qui préfère les femmes mûres aux minettes, ça se mérite. Mais je m'inquiète de la description qu'elle a pu faire de ma personne. « Les oreilles ont dû te bourdonner », m'a-t-elle précisé. Telle que je la connais, je doute que le portrait tracé ne soit très exagéré. Et autre chose m'embête : l'homme connaîtrait Georges. Plût au ciel que je ne tombe pas sur un envoûté des coïncidences spatiales ou du karma.

Bon, si Louise ne se pointe pas dans quinze secondes, je ne réponds pas à la porte. Depuis que mon couple a éclaté, pour parler comme les psy, je tolère encore moins l'attente. Le pire c'est que je vis dans l'attente perpétuelle sans avoir rien à attendre. J'attends des coups de fil d'amoureux qui n'existent pas, j'espère des rencontres, mais avec qui, je serais bien en peine de le dire, et je vis avec frénésie comme si un événement bouleversant s'apprêtait à me tomber dessus. Bref, je vis dans l'expectative d'un espoir que je n'ai plus. Une désespérée de bonne humeur serait une bonne description de mon état d'âme. Tiens, je devrais l'indiquer dans mon c.v.

On me gratifie aussi d'une autre étiquette, celle de monoparentale. Or, je préférerais, et de loin, être étiquetée de vestale ou fatale. Mais je suis techniquement une monoparentale. Certaines personnes hochent la tête et plissent les yeux quand elles le découvrent dans ma propre bouche car je n'arrive pas à taire mes déconfitures conjugales. J'aime lire dans le regard de mes interlocuteurs qu'ils me plaignent. Pour être honnête, je cherche plutôt à attirer le blâme sur Georges. Il me semble que sentir la réprobation des autres à son endroit m'aiderait à m'enrager contre lui. C'est si terrible de ne pas lui en vouloir, faute d'avoir pu présager la catastrophe qui m'est tombée dessus. Et dire que je me suis déjà moquée des femmes trompées, inconscientes de l'être. Quand j'entendais une vague amie affirmer devant moi « Mon mari est fidèle » alors que ce dernier venait de se procurer un deuxième cellulaire pour une ligne, non plus privée mais illégitime, je me mordais l'intérieur des joues pour ne pas crier : Dessille tes yeux, épaisse !

Sans atténuer mon propre aveuglement, on admettra tout de même qu'il est moins malaisé de découvrir que sa rivale est une autre femme qu'un magma ésotérique dans lequel le conjoint copule avec des livres de mystique exotique, des granules, des cristaux pour stimuler le vortex et autre préservatif du même genre.

J'ai appris par les enfants que Georges allait avoir un bébé. Lui s'est bien gardé de me l'annoncer. Même scénario que lors de son remariage quelques mois auparavant à Sedona, Arizona, La Mecque du New Age en mobilité sociale ascendante. C'est à cette occasion que j'ai entendu le mot « vortex » pour la première fois. Il paraît que dans cette ville, au milieu des montagnes désertiques, les extraterrestres seraient descendus de leurs vaisseaux. Les jumeaux prétendent que je caricature quand je parle de Sedona. Eux ont adoré. « Tu n'imagines pas l'architecture avant-gardiste des maisons accrochées aux rochers rouges. Ça donne envie d'être architecte », m'a dit Albert. « Ta description banale ne donne aucune envie d'y aller », ai-je répondu. C'était plus fort que moi. Je lui en voulais, et à sa sœur aussi, d'avoir accepté avec un enthousiasme sans retenue ce voyage pour assister au mariage de leur père. « Papa nous a payé, en plus, une semaine d'excursion en radeau dans le Grand Canyon. Il est devenu généreux. Faut croire qu'il est bien dans sa peau maintenant », a rajouté Maud. J'ai failli la gifler. Conclusion : à l'adolescence en particulier, les enfants sont à vendre au plus offrant des parents. Je n'ai pas osé demander à Albert s'il avait servi de témoin à son père mais ça devait être inclus dans le forfait. Quant à moi, Sedona, le Grand Canyon, j'ai fait une croix dessus. Je visiterai plutôt Death Valley.

Ce soir, Maud dort chez son amie Yasmine et Albert chez Bruno. Ils aiment découcher. Moi pas. Je suis une mère inquiéteuse, surtout pour mon fils. Mes amies me disent le contraire. Si elles s'inquiètent pour leurs filles qu'elles imaginent fragiles et vulnérables, elles ont tort.

2

Je l'ai horripilé, il m'a souverainement déplu et l'inverse pourrait aussi être vrai. En rentrant, j'ai trouvé un message outré de Louise : « Tu l'as humilié gratuitement. Quelle stupidité de lui demander d'entrée de jeu ce qu'il pense du postulat d'Euclide sous prétexte qu'il est comptable. Tu te prends pour Einstein dans le corps de Sharon Stone peut-être ? Ma pauvre Jeanne, continue de rire des hommes si ça te chante mais je ne serai pas là pour applaudir. »

Je la connais, elle va se calmer. D'autant que c'est sa faute. Pourquoi me présenter un grand maigre trop bien lavé, quasi astiqué alors qu'elle sait pertinemment qu'en vieillissant je les préfère plus ronds. Pas gros, rondouillets. Ça annonce leurs excès. Ils aiment manger, pratiquent peu de sports, d'où j'en déduis qu'ils sont moins narcissiques. Un plus pour les femmes. Un mangeur de carottes crues, de brocolis à la vapeur et de poissons pochés qui s'échine sur les tapis roulants me rappellerait trop Georges. Au premier coup d'œil, Monsieur Parfait m'a donc déçue. Louise m'observait à la loupe et je sentais monter son stress pendant que lui me racontait sa dernière croisière. En Grèce précisément. Il expliquait les écueils de la navigation en octobre en Méditerranée. Or, l'idée d'un voilier me donne le mal de mer. Quand on me dit voile, moi je pense mariée. C'est pour mettre du piquant à la conversation que j'ai introduit Euclide. Monsieur Parfait a ouvert grands les yeux, Louise, elle, les a fermés. Le reste de la soirée a été à l'avenant. Malgré tout, il s'est offert à me raccompagner. Plus que parfait, je me suis dit. « Merci, je vais marcher. » « Vous êtes sportive ? » a-t-il demandé, pressé de trouver enfin là un terrain d'entente. « Normalement, je ne marche pas, je cours. » « Oh, moi aussi. Combien de kilomètres en moyenne ? » Il était devenu tout excité. « Et vous ? » ai-je dit. J'attendais sa réponse. « Dix. » Il était tout fier. « Moi, c'est douze », ai-je lancé en lui tendant la main qu'il a serrée avec une brutalité contraire à la gentillesse affichée.

Fini. Les blind dates, j'en ai ma claque. Si je récidive tout le temps, c'est dû à mes retours à la maison, les soirs où les jumeaux découchent. Entrer seule dans le noir me saisit à la gorge. J'ai peur de cet étau qui resserre d'abord les tempes, se déplace vers la nuque et resurgit dans la poitrine. En général, mon pouls décuple. J'ai pensé à illuminer la maison avant de partir. C'est pire encore. En rentrant, dès que j'aperçois du trottoir les fenêtres allumées, un tremblement semblable à celui des moutons s'empare de moi. Claire, mon amie psychiatre, à qui j'en ai glissé un mot, m'incite à consulter. Je lui ai dit qu'à partir de cinquante ans, quand une femme s'étend sur un divan, elle s'endort. « Tes facéties sont des rationalisations », elle a répliqué en riant. C'est fou comme, de nos jours, on aime soigner les émotions. « Tu ne trouves pas ça normal qu'après vingt-cinq ans de vie commune avec Georges, me retrouver seule la nuit dans la maison qu'on a achetée et décorée ensemble augmente mes pulsations cardiaques ? » « Tu poses des questions qui contiennent la réponse », elle m'a fait valoir. J'aurais pu répliquer mais je l'aurais blessée inutilement. Depuis quinze ans, Claire est amoureuse de John, un radiologiste qu'elle a connu à l'hôpital. Un type raffiné, élégant, jovial, c'est ce que j'inscrirais sur une fiche signalétique d'agence de rencontres. J'omettrais cependant d'indiquer : excellent amant mais marié, ne découche jamais, passe toutes ses fins de semaine en famille. Claire, elle, ne pose pas de question. Attente et espoir sont les mamelles de son destin. Imagine-t-on que, pour elle, dormir avec John se résume à faire une sieste en fin d'après-midi, les jours ouvrables ? Je préférerais, tout compte fait, porter une ceinture de chasteté. Plus renversant encore, mon amie semble sereine. Jamais un soupir, aucune colère, pas de déprime apparente. Psychanalysée pendant huit ans à raison de quatre séances hebdomadaires, entourée de névrosés à longueur de journée, sa vie amoureuse échapperait donc à sa compétence professionnelle. Un soir du Jour de l'An où je l'avais invitée comme à l'habitude – rien de pire que d'être seul le 1er janvier –, j'avais eu le malheur de glisser dans la conversation une maxime que j'affectionne, et pour cause, « It takes two to tango ». J'ai cru qu'elle allait défaillir. C'est là, je crois, que j'ai compris à travers elle ce que signifie le contrôle de soi.

Il semblerait que la femme de John soit suicidaire. Tout pour qu'un mari n'ose ainsi quitter le foyer conjugal. A bien y penser, ça doit aussi arranger Claire qui n'a de sa vie jamais vécu avec un homme. Curieux, non. Donc, j'adore Claire mais elle m'énerve. Elle comprend tout, ne juge personne, donne de son temps – faut dire que John lui en laisse – et elle conseille judicieusement tous les amis que je lui envoie. Lorsque Georges m'a quittée, certains soirs elle dormait à la maison. A cette époque, je refusais de m'endormir par crainte de ne plus me réveiller. J'imaginais que l'intensité de la douleur finirait par arrêter les battements de mon cœur. Claire, assise sur mon lit, me tenait la main jusqu'à ce que l'épuisement et les somnifères aient raison de moi. Ça ne s'oublie pas. Bien sûr, je l'aurais souhaitée plus agressive envers Georges, j'aurais aimé qu'elle prononce des mots durs à l'endroit de la rapeute dont les diplômes de psychologie, obtenus par correspondance, proviennent, j'en mettrais la main au feu, d'une université américaine bidon qui se résume à une boîte postale dans l'Utah. Jamais Claire n'a fait référence à cette dernière. À peine si j'ai senti une réserve à l'égard de Georges après qu'il eut expliqué aux enfants les raisons de l'évolution fatale de notre couple. « Votre mère a toujours nié mon côté mystique. Je ne lui en veux pas, ses qualités sont si nombreuses. Je trouve seulement dommage qu'elle refuse son karma. » Texto ! C'est Maud qui m'a rapporté la conversation. Albert a prétendu, lui, que son père était stone ce jour-là. Il avait quinze ans à l'époque, l'âge où l'on croit que mystique et drogue vont de pair.

Cet après-midi, au bureau, je me suis engueulée avec Henri à propos d'un client et il en a profité pour me reprocher mon indécision chronique à fixer la date de mes vacances. C'est vrai qu'on doit se coordonner. C'est vrai aussi que le mot « vacances » me paralyse. J'en retarde toujours l'échéance. M'allonger sur une plage du Maine à lire *People* et P. D. James le jour et servir de chauffeur aux jumeaux et leurs amis le soir dans des bars où l'alcool leur est interdit mais pas les joints que je les soupçonne de fumer, merci beaucoup. Avec Maud, encore, ça va, mais Albert ne comprend pas, le crétin, quel danger il court à acheter, fût-ce un demi-gramme de hachisch dans la rue. « Tu risques d'être interdit de séjour aux États-Unis pour la vie », lui ai-je dit en citant deux ou trois connaissances à qui c'est arrivé à vingt ans et qui ont payé des fortunes en avocats plus tard pour réussir à obtenir le pardon des autorités américaines. « T'es vraiment hystérique, maman. Et ça ne s'améliore pas avec l'âge », il m'a lancé. « Petit con », j'ai répliqué. Il m'a fixée, l'air de dire « Tu fais pitié ». Son père tout craché !

Cette ressemblance physique complique mes rapports avec lui. Je m'en veux de mon agressivité et compense en ouvrant plus grand mon portefeuille. J'agis bêtement et gare à celui qui m'en ferait reproche. Ma relation à Albert, c'est mon talon d'Achille. Pourtant, parfois, il s'approche de moi en catimini, sachant que je vais sursauter de frayeur et, le prétexte étant trouvé, il me serre contre lui en murmurant de sa voix éraillée : « Ma...man. » « Arrête de meugler », je crie. « Meu...man », il répète jusqu'à ce que je feigne de me fâcher à mort. Ce jeu-là nous appartient comme la dernière intimité qu'il nous reste. J'imagine que, seulement sur mon lit de mort, il redeviendra le petit garçon câlineux, le fils à maman qu'il a été jusque vers dix ans.

Maud la distancée, c'est ainsi que je l'appelle. On jurerait qu'elle a installé un coussin d'air entre elle et les autres. Moi incluse. Les garçons pourtant s'agglutinent autour d'elle. Je dis pourtant mais il serait plus exact de dire : *à cause de* son attitude. Elle agit en vieille pro avec eux, reculant de deux pas quand ils avancent d'un seul. Je crains que ce jeu finisse par la lasser. Ou pire, qu'elle s'attache à celui-là même qui lui résistera. La voie royale pour souffrir, c'est clair. N'y pouvant rien, je me prépare à jouer éventuellement la mère consolatrice. Lorsque j'aborde le sujet avec elle, sa réaction ne tarde pas. « Même à douze ans, maman, je te trouvais naïve. La suite m'a donné raison. T'es mal placée pour me conseiller sur le plan sentimental. C'est pas un reproche. Ne le prends pas mal. » Surtout pas, ai-je envie de répondre. Contrairement à son frère, elle ne s'épanche plus avec moi. Nos échanges ressemblent à un dialogue inversé. Elle joue la mère pour mieux refuser d'être la fille, je suppose. Cet ascendant qu'elle tente d'exercer sur moi m'agace tant par moments que je m'enferme dans l'indifférence. A tous coups, cela la fait craquer. Avant, elle fuyait chez son père. Depuis que l'autre est enceinte, elle se replie chez ses copines. Je ne m'affole pas car je les connais toutes, possède leurs numéros de téléphone où la joindre. Comme je suis sans rancune et qu'elle ne boude pas, nos disputes durent peu. Mais depuis quelques mois, nos accrochages se répètent à un rythme trop rapide. Je devrais faire gaffe. Même si les enfants sont plus souvent absents que présents, je serais déchirée s'ils m'annonçaient leur départ. Complices, ils échafaudent le projet de s'installer ensemble. « Faut que tu te prépares mentalement », me répète Albert le provocateur. « Trouvez-vous une autre banquière pour financer votre émancipation », je leur répète. L'argument est facile, j'en conviens. Maud, plus calculatrice, souhaiterait un appartement mais avec le train de vie de la maison. Précautionneuse, j'ai parfois le sentiment que son scénario de départ est tout écrit. Cette coutellerie-là, tu t'en sers jamais, maman ? Je comprends pas pourquoi t'accumules tant de serviettes et de draps. J'ai toujours aimé la table dans l'entrée. C'est bien celle qui vient de chez grand-maman ? Je la soupçonne d'avoir dressé une liste des meubles et des bibelots dont elle veut me dévaliser. Ça augure bien ma vieillesse. Elle risque de me tirer littéralement le tapis de sous les pieds et de me soutirer mes bagues que je n'arriverai plus à porter vu l'arthrite déformant mes doigts. Pour l'énerver, je lance parfois : « Tiens, faudrait appeler Emmaüs. Y a tant de choses dont on ne se sert plus et qui pourraient être utiles à quelqu'un. » Immédiatement, je la vois s'agiter, protester. Je me défoule. Ça me fait un bien fou et ça lui rabat le caquet à ma radine.

Oh Maud et ses cadeaux ! Alors qu'Albert se ruine pour m'offrir un bijou, ma fille m'achète un bouquet soldé parce que défraîchi. En plus, elle s'attend à ce que je me pâme. Elle m'a fait le coup à Noël dernier avec un vase style Arts déco – j'adore la période – mais ébréché. « Il s'agit juste de le placer dans le bon angle. » « Merci, mon amour. » « T'es contente, hein, maman ? T'es vraiment contente ? » Qu'est-ce que j'ai fait ou plutôt mal fait pour avoir une fille semblable ? Son père, évidemment. Georges recherche même les parcmètres à moitié vides pour économiser un dollar. Un jour, j'ai claqué la portière de la voiture, le laissant en plan. Ça faisait vingt minutes qu'on tournait en vain dans les rues du centre-ville. Quand son bébé va naître, j'espère qu'il n'imposera pas à sa F... – je sais c'est fou, mais je n'arrive pas à la nommer –, qu'il ne lui imposera pas des couches en tissu.

Penser à cet enfant-là me dérange. Et s'il ressemblait aux jumeaux ? De toute façon, je ne le verrai jamais. J'ai rencontré un jour une femme, petite quarantaine, divorcée depuis un moment et qui se promenait avec des photos de la nouvelle progéniture de son ex dans son sac. Elle montrait les bébés, visiblement ravie de l'exploit de son mari. Et surtout fière de la ressemblance avec ses propres enfants. Vive l'ouverture d'esprit, on me dira. Vive surtout les courants d'air dans la cervelle et la pension alimentaire généreuse qui rend compréhensive.

Pas de nouvelles de Rachel l'ashkénaze depuis trois jours. Rachel, c'est ma contribution de Canadienne-française à la communauté juive anglophone. Les films de Woody Allen y gagneraient si elle jouait dedans. Je ne connais pas son âge exact, soupçonne qu'elle est légèrement plus jeune que moi mais trop de chirurgiens esthétiques se sont fait la main sur elle. Maquillée, elle resplendit. Naturelle, elle est éteinte. Ses lèvres trop repulpées s'offrent presque indécentes. « Tu m'as caché que ta grand-mère était négresse », lui ai-je lancé un soir qu'on avait bu trop de vodka. « You're a bitch », a-t-elle répliqué, dégrisée du coup. J'ai compris. Les liftings, le laser, les piqûres d'hormones de belettes de Transylvanie, les crèmes faciales, fessières sont l'équivalent pour elle de l'eau de Lourdes pour les pèlerins. Elle y croit. Elle suit la mode à l'heure près, griffée de la tête aux pieds et elle solde ses vêtements « démodés » à ses amies une fois l'an. Depuis quelques années, je ne lui achète plus rien. Les jupes à mi-cuisses, les tee-shirts écourtés au-dessus du nombril, je laisse ça à Maud et, à mon avis, Rachel devrait faire de même. La mort de son mari remonte à dix ans. Ça l'a libérée, mais elle ne l'avouera jamais. Il était alcoolique, violent et sa phobie des ascenseurs l'avait rendu inapte au travail. Compréhensible, son bureau se situait au trente et unième étage. Son seul fils vit aux États-Unis, à Cleveland, je crois. Rachel ne précise jamais rien quand il s'agit d'elle mais elle veut connaître tous les détails de la vie des autres. Sa spécialisation – le droit du divorce – explique peut-être cette déformation. Je m'en fiche parce que je la trouve inattendue et généreuse. Redoutable en droit, je ne voudrais pas être le mari d'une de ses clientes. J'ai même évité à Georges de tomber dans ses pattes. Les détrousseuses d'époux, ça n'est pas mon genre. Et quelle humiliation de se faire payer pour avoir partagé la couche d'un homme. Merde, on est féministe ou on ne l'est pas. Je parle des bourgeoises à carrière, pas des démunies sans métier avec enfants sur les bras. La clientèle de Rachel ne se recrute pas parmi les assistées sociales. Ça lui changerait la garde-robe, y a pas de doute.

Les hommes qui traversent sa vie, elle les choisit souvent dans les dîners de levée de fonds pour Israël. Facile, dans ces occasions, d'identifier les riches et les prodigues. C'est son créneau. Je l'ai accompagnée une fois. Au dessert, les enchères ont commencé. « Mille dollars », a crié l'un. « Quatre mille », a renchéri un autre. Ce soir-là, le plus gros donateur a allongé soixante-sept mille dollars. Montant global, trois cent soixante-quatre mille. Des dollars canadiens, évidemment. « Vous devriez faire comme nous pour financer vos œuvres », m'a-t-elle dit. « Les Canadiens-français

« Je suis trop attraquée par lui. Je pense quitter lui. »
C'est fou ce que son français fiche le camp sous le
coup de l'émotion. « Je suis attirée, Rachel, et je pense
LE quitter. »

« Stop, you rubbish. I am telling you that I am mise-
rable and you're giving me grammar lessons. » Ses
confidences me gênaient. Rachel m'avait habituée à
plus de retenue. Mais pour ne pas jouer les éteignoirs,
je la laissai me raconter leur première soirée. L'apéro
au bar du Ritz, excellent endroit d'où partent les
rumeurs dans le milieu des avocats et qu'ils avaient
quitté main dans la main, puis le restaurant, français
cette fois, car choisi par lui, où elle fut incapable d'avaler quoi que ce soit, suivi du retour chez elle, alors que
tout était déjà joué. « Tu vas vite en affaires », ai-je
lancé, le regrettant sur-le-champ. « What's the matter
with you. » Ma réaction l'avait blessée et je ne me
l'expliquais pas moi-même. « Comment l'as-tu rencontré ? » ai-je demandé, tentant de me reprendre. « A
blind date. Louise played the go-between. » J'ai dû
blêmir car Rachel s'est enquise de ma santé. « C'est
l'hypoglycémie ? » « Probablement », ai-je répondu.
Puis, prenant mon courage à deux mains, j'ai posé la
question à laquelle je connaissais désormais la réponse.
« Que fait-il dans la vie, cet homme-là ? » « Fiscaliste. » Louise avait osé me faire ce coup de cochon !
« He fucks like a God », avait conclu Rachel. Eh bien,
inch Allah pour elle et au diable Louise !

Rappeler cette dernière, pas question. Ma plus vieille
amie, se venger de moi après les entourloupettes que
j'ai faites pour elle contre ma conscience depuis la nuit
des temps. Pour parler psy, mon seuil de tolérance est
atteint. Rachel, elle, ignorait encore que le fiscaliste

m'avait d'abord été destiné. Je me questionne. Suis-je passée à côté du gros lot sexuel ? Je l'avais évalué maigre mais l'est-il vraiment ? Pourquoi lui ai-je déplu comme je l'ai cru au premier abord ? Et puis, ras le bol, je ne vais tout de même pas lui trouver des vertus parce que Rachel en est dingue. Qu'elle le quitte ou pas, et je la crois assez tordue pour aimer souffrir, le problème reste entier. Louise m'a joué dans le dos. La preuve ? Le silence qui signe sa traîtrise.

Dure, la cinquantaine. On croit être blindé contre les mesquineries qui ne devraient plus nous surprendre, on espère approfondir les relations nouées au fil des ans et, au contraire, ruptures, mésententes, déceptions, jalousies, rien ne nous épargne. Je prends mon cas. Avec mes amies, mes rapports sont de plus en plus en dents de scie. Pendant la journée, je change dix fois d'humeur. Mais personne ne s'en aperçoit. Au contraire, ma concentration est au maximum malgré la pression. Henri est médusé. « J'admire ton énergie », me dit-il. S'il devinait celle que je déploie pour ne pas exploser devant certains clients bornés et même devant lui lorsqu'il décide, sur l'insistance de son épouse golfeuse, de quitter le bureau vers seize heures pour se faire neuf trous. Je me verrais, à la même heure, lui annoncer un rendez-vous chez le masseur pour calmer les effets de la progestérone. Justement, parlons-en du salut par la thérapie hormonale. Il faudrait peut-être que j'excuse Louise parce qu'elle est mal dosée, que je mette sur le compte d'un surplus d'œstrogènes le coup de foudre de Rachel, métamorphosée en bête de sexe. Et moi ? Ma vie s'expliquerait désormais parce que je me suis transformée en laboratoire d'endocrinologie.

Une autre tuile. Albert vient de m'annoncer qu'il s'est inscrit, avec l'accord de son père et à mon insu, à un cours de sauts en parachute. Il va me rendre folle. J'ai bien essayé de le détourner de son projet. Je lui ai promis, dans l'ordre, un week-end à New York, une douzaine de CD de son choix, ma voiture à sa disposition pendant quinze jours. Niet. Je l'ai menacé : « Tu vas faire monter ma tension. » « Y a pas de danger, t'es déjà sous Covertyl ! » a-t-il rétorqué. Son père l'encourage. Pas surprenant. L'idée que son fils flotte et vole doit le faire léviter. Moi, c'est l'atterrissage qui me préoccupe, l'écrasement, plus exactement. Rien qu'à y penser, je ressens des pincements aux ovaires. Mince consolation, mon oiseau m'a promis de me cacher la date de son baptême de l'air. « Dommage, parce qu'en sautant j'aurais pu, sur cellulaire, te décrire ma descente. » Sa sœur, toujours au-dessus de la mêlée, prétend que s'il s'intéressait davantage aux filles, son besoin de sensations fortes se concentrerait au fond d'un lit plutôt qu'au ciel. « Laisse-le respirer, elle m'a conseillé. Votre relation est trop œdipienne. Tu lui pompes l'air. » « Et à toi ? ai-je répliqué. Je te le pompe, l'air ? » « Ça fait longtemps que j'ai un masque à oxygène sur ma table de chevet », m'a-t-elle lancé, pressée de partir comme à son habitude. « Tu ne peux pas te sauver comme ça », je courais derrière elle pour la retenir. « C'est toujours la même chose avec toi. On perd notre temps. C'est ta nature, maman, tu n'y peux rien. » Elle n'est pas revenue sur ses pas pour m'embrasser – désormais quand elle m'embrasse, elle a un haut-le-corps comme si je la piquais –, ce qui lui a évité de me voir pleurer. Et au point où en sont nos relations, j'ai intérêt devant elle à les ravaler mes larmes. Ça l'enragerait. L'empathie et la compassion, je doute qu'elle conçoive que ça pourrait s'appliquer à sa mère.

Le téléphone a sonné. « For Christ sake, why didn't you tell me ? » Rachel hurlait dans le combiné. Je suis vengée, elle a engueulé Louise. Pour se défendre, mon ex-amie lui a répondu que je n'avais aucun droit de suite sur les hommes qu'elle m'avait présentés et que j'avais rejetés. Elle les remettait donc sur sa liste de célibataires potentiels pour toutes ses amies en chasse ou en peine. Est-ce possible, à notre âge, de gaspiller sa salive avec pareilles niaiseries ? J'ai rappelé Louise en m'assurant toutefois de tomber sur son répondeur. Elle a eu la même idée, m'appelant à la maison en me sachant au bureau. Au ton de sa voix, je la sens embarrassée, radoucie aussi. On finira bien par se parler directement mais rien ne presse.

Rachel persiste avec God. Je saurai si c'est sérieux lorsqu'elle m'annoncera qu'elle lui a offert une montre. En général, pour ce premier cadeau, la durée des fréquentations est d'un mois et demi. Si ça perdure, le fiscaliste recevra ensuite des chemises à ses initiales, des cravates Hermès – cent cinquante dollars pièce tout de même – et un attaché-case en croco, bien que, sous la pression écolo, le lézard tende à prendre le relais. Si God passe le cap des trois mois, sa coupe de cheveux sera modifiée sous la pression de Rachel. Cependant, d'ores et déjà, le régime alimentaire du catho est transformé. Il mange cachère évidemment, mais un cachère assoupli, le bordeaux triomphant du rouge importé d'Israël et le jambon de Parme accompagnant le melon. Si la relation franchit la barrière des cinq mois, Rachel suggérera, pour son mieux-être, un régime sans sel, sans graisse, voire même macrobiotique. En général, ses soupirants successifs se soumettent à ces caprices tant que la passion épidermique se maintient. Survient un léger assouvissement et les voilà qui redemandent de la sauce soja non allégée avec les sushis, des fromages au lait cru et des frites. Rachel se plaint de son incapacité à les retenir ou, plutôt, elle met sur le compte de son propre besoin d'autonomie leur détachement inévitable. Ses peines d'amour, elle les déguise en les attribuant à ceux qui l'abandonnent. « Il est parti mais il souffre tellement. Si je pouvais seulement l'aider à moins souffrir », répète-t-elle après chaque rupture. Elle ne tire apparemment aucune leçon de son expérience d'avocate, témoin des aberrations humaines.

J'ai rendu visite à la mère de Georges hier. « On est entre veuves, a-t-elle dit, alors j'ai décidé d'en inviter une troisième. » Et elle a sorti une bouteille de veuve-clicquot qu'on a bue ensemble en grignotant des pailles au fromage. Le seul sujet de conversation qu'on avait en tête, Georges bien sûr, on l'a évité. Je sais à quel point elle est ulcérée par la tournure des événements. Quelle désolation d'avoir à subir les déboires matrimoniaux de ses enfants à plus de quatre-vingts ans. Audacieuse, ma belle-mère – je me refuse à l'appeler « ex » même si légalement l'autre est devenue la belle-fille en titre –, je l'encourage à voyager, contrairement à son fils qui ne cesse de lui faire peur. Elle compte partir en Chine ; il lui décline la liste des saloperies virales ou bactériennes qui lui tomberont dessus. Au début de l'été, elle s'est rendue en Louisiane. Avant son départ, il lui a faxé la liste des villes les plus violentes des États-Unis et il se trouve que La Nouvelle-Orléans est au quatrième rang de la criminalité.

Elle rêve du Machu Picchu. Il la met en garde contre l'embolie pulmonaire ou cérébrale à cause de l'altitude. « Il voudrait que je meure dans mon lit. Étant donné qu'on meurt de toute façon, je préfère disparaître sur la Grande Muraille de Chine ou au bord d'un lagon dans le Pacifique. » Ma belle-mère ? Un modèle pour nous toutes, les quinquagénaires. Elle rattrape ses années de femme au foyer et de servante de son seigneur, un hypocondriaque qu'elle a materné plus que ses propres enfants. Jusqu'au jour où elle a signé une pétition en faveur de la distribution de la pilule du lendemain dans les écoles et que son nom s'est retrouvé dans le journal. Mon beau-père a piqué une crise d'apoplexie. Comment sa femme avait-elle osé utiliser son vénérable nom à des fins aussi ignobles ? A partir de là, elle s'est transformée en militante. Fini le maternage. « T'as peur d'avoir un cancer du côlon parce que t'es constipé depuis douze heures ? Prends un laxatif. » « Tes articulations sont sensibles ? Tiens, deux aspirines et tu ne sentiras plus rien. » Mon beau-père ne la reconnaissait plus. Il en faisait pitié. J'avais même l'impression qu'elle l'apeurait. Plus elle s'affirmait, plus il la craignait. Alors qu'elle courait à gauche et à droite, de conférences sur la peinture italienne aux manifestations contre la pauvreté des femmes, lui ne sortait quasiment plus, passant les journées penché sur ses albums de timbres, une passion depuis ses années de collège. « Il craint de tomber malade en voyage, ne supporte pas la saleté et, en avion, il est devenu claustrophobe », disait-elle pour justifier ses voyages sans lui. Finalement, il est mort comme il le souhaitait, foudroyé par une crise cardiaque en promenant le chien un matin d'hiver à moins trente degrés.

Ma belle-mère a vécu sa peine quelques mois. Une vraie peine mais qui a subitement disparu l'été suivant. Sans en parler à personne, elle a mis en vente la maison familiale, a encaissé le profit et s'est installée au sommet d'un gratte-ciel moderne du centre-ville. « C'est déjà assez déprimant de vieillir, pas question de m'enterrer dans une résidence pour vieux qui vont me casser les oreilles avec leurs maladies et me bousculer avec leurs chaises roulantes. » C'est ce qu'elle a répondu à ses enfants, Georges et ses sœurs, Estelle et Luce, qui l'incitaient à déménager dans un établissement pour personnes autonomes – c'est beau l'euphémisme ! Personnellement, je me range du côté de ma belle-mère. Leur argument : « Tu seras davantage en sécurité », ne tient pas debout. C'est eux qui cherchent à se rassurer.

Parler d'elle me renvoie à ma propre mère. Ranimer la douleur, est-ce bien nécessaire ? Quand elle est morte, alors que les jumeaux avaient cinq ans, ma belle-mère s'est occupée de moi qui étais désemparée. Abandonnant son mari, elle m'a entraînée en Floride avec elle. On passait nos journées dans les magasins à chercher les soldes les plus spectaculaires. Le soir, on jouait aux cartes ou on assistait aux courses de chiens. Quand je pleurais en sa présence, en voiture la plupart du temps, elle me racontait son enfance dans l'Abitibi des années vingt. « Tu as besoin d'être désennuyée. » Elle voulait dire distraite, je suppose. Distraite d'une image furtive mais prégnante, celle de ma mère allongée sur son lit, la tête légèrement enfoncée sous l'oreiller, ma mère entourée de photos de mon père, de mon frère et moi, de son chat et qu'elle avait disposées comme un rempart avant de nous abandonner, de nous trahir, de nous anéantir en se donnant la mort sans préavis.

Au cours de ce voyage, j'ai acheté des pantalons, des tailleurs, des chaussures pour les cinq années à venir. Chaque nouvel objet m'éloignait du passé. Ma belle-mère n'a pas tenté de m'arrêter. Elle empilait les sacs dans la voiture, on retournait à l'appartement, elle disposait le jeu de cartes sur la table et le lendemain ressemblait à la veille.

Je fréquente la mère de Georges plus souvent que ses propres filles. Pour Estelle et Luce, leur mère est immortelle. Elles disent « quand maman va mourir » comme on dit « quand je déménagerai ». A chaque fois que je me rends chez elle, que je sonne à la porte, en un éclair je l'imagine étendue sur son lit ou par terre dans la salle de bains, ou tassée sur elle-même dans son fauteuil, devant la télé après avoir zappé une dernière fois.

Imaginer le pire afin de s'y habituer est une chose que je n'ai jamais su faire dans le passé. J'apprends. Devrais-je dire hélas...

4

Tout fier, Albert est rentré à la maison sur des béquilles.
Il s'est foulé un pied en touchant terre. « C'est la sensation la plus forte de ma vie. » « Moi, c'est quand t'es
sorti de mon ventre. » « C'est vrai ? Alors tu me comprends si je recommence. » J'aurais dû me taire.
J'espère seulement que la foulure guérira lentement.
Ça m'évite de l'imaginer sautant dans le vide. Un répit,
me suis-je dit. Allez savoir. Le téléphone a sonné.
C'était Georges. Je devrais, selon lui, manifester plus
d'enthousiasme devant les initiatives de mon fils. « Les
initiatives ? Le parachutisme c'est pas suffisant ? » Ma
voix trahissait mon agacement. « Il m'a confié son
désir de partir en Inde dans un an. Je l'encourage. Un
arrêt dans ses études n'est pas un drame. » J'ai étouffé
un cri et prétexté la présence du plombier, c'est le
premier corps de métier qui m'est passé par l'esprit
pour raccrocher. Ma tension montait dangereusement.
Je me suis allongée, trop agitée pour fermer les yeux,
mais j'ai dû me relever aussitôt, l'immobilité augmen-
tait mon énervement. Les propos de Georges m'ont
fait l'effet d'un lancement de fusée au cap Canaveral.
Albert en Inde ! Albert chez les gourous ! Albert végé-
tarien ! Vite une vodka pour me désamorcer.

   Mon petit con subit donc l'endoctrinement paternel.

Ainsi, pendant que maman assure l'intendance de luxe, paie le superflu, papa prône le dépouillement et, par procuration, expédie sa tête de linotte d'adolescent dans les ashrams, Mecque des vieux hippies. Le même homme enquiquine par ailleurs sa mère, une femme qui ne risque pas de voyager à l'acide, de bouffer des champignons hallucinogènes, de manger du tofu aimanté ou de se baigner dans le Gange en frôlant les carcasses putrides des vaches sacrées. Finie ma relative tranquillité d'esprit. Mon avenir à moyen terme est d'ores et déjà consacré à combattre l'influence de Georges et convaincre Albert, par tous les moyens, chantage inclus, des bienfaits de l'éducation permanente. Sans l'appui de Maud, la partie est perdue. Au fait, bavard comme il est, il serait normal qu'il se soit épanché auprès de sa sœur. Dans ce cas, le silence de ma fille présagerait le pire. Pour moi, évidemment.

J'ai invité Maud dans le restaurant de son choix, donc cher et bon. « Qu'est-ce qu'on fête ? » m'a-t-elle demandé. « La fin de la pluie », ai-je répondu. « Depuis quand t'intéresses-tu à la météo ? » Toujours la distance mais là je sentais une légère crispation. Le tête-à-tête l'embête.

Après discussion sur les valeurs caloriques des plats, Seigneur, elle aussi, j'ai commandé d'office deux steaks au poivre. « Tu vas pas te comporter comme une anorexique. » Je trouve toujours le mot déclencheur. « T'es obsédée par papa, admets-le. Dès qu'on parle de nourriture, tu capotes. » Ça commençait bien. J'ai ravalé ma salive, me suis mise sur le mode gentille. Or, quand j'essaie d'être gentille, je deviens douce-reuse. Maud n'a pas été dupe. « Qu'est-ce que tu veux me dire, maman ? » Son ton, agacé, cassant presque, me bloquait. J'avais imaginé un dialogue plus coulant où de façon indirecte j'essaierais de lui tirer les vers du nez. C'était raté. Je lui ai donc posé la question sans détour. Or non seulement elle savait mais elle avait engueulé son père, m'a-t-elle dit. « Albert change d'idée plus souvent que de tee-shirt, il va arriver en Inde et la première chose qu'il décidera c'est de repartir vers Montréal ou tenter de voler en montgolfière au-dessus de l'Everest. » Son père, sourire en coin, n'avait pas bronché. Mais elle reviendra à la charge, elle me l'a assuré. « T'inquiète pas, maman, je suis sa sœur et c'est moi qui suis née la première. Mon frère m'écoute. » J'ai failli lui sauter au cou mais la prudence m'a retenue. « Merci », ai-je dit. « De rien, maman. » Encore une fois, les rôles étaient inversés. Et pourquoi pas ?

Deuxième bonne nouvelle : Louise et moi sommes réconciliées. On est tombées dans les bras l'une de l'autre – plus simple qu'avec Maud. Louise persiste à croire que j'ai absolument besoin d'un homme dans ma vie. Ses arguments sont redoutables et elle ne mâche pas ses mots. « Tu vas t'assécher. » L'homme comme lubrifiant, il s'agissait d'y penser. Un fond de pudeur me retient, même devant elle, d'admettre mes frustrations. Depuis plus d'un an, le sexe : zéro. Pas même un french kiss. Décidément, mon prénom initial me rattrape. Parfois, dans la rue, je me distrais en tentant de deviner les gens qui ont fait l'amour la veille. Exercice difficile. Même chez moi ça ne se voit pas, j'en suis sûre. Dans le temps, avec Georges, un signe de ma part et ça y était. Comme la devise de Baden-Powell : « Scout, toujours prêt. » Quand on se mettait au lit le soir, si je le frôlais il durcissait sur-le-champ. C'était l'amour à volonté, comme les buffets du dimanche. En faisant du calcul mental, j'estime qu'on se connaissait bibliquement deux cents jours sur trois cent soixante-cinq. Les jours sans, c'était plutôt à cause de moi. Il m'arrivait de prendre congé.

Je suis devenue vieux jeu, avec l'âge. Consciente aussi. L'idée de me mettre nue devant un étranger m'embête autant qu'elle pourrait m'exciter. J'ai le ventre trop rond, la fesse passe encore, les seins se défendent mais l'ensemble a perdu de sa fermeté. Pour mettre mon corps en valeur, certaines positions jadis inoffensives (esthétiquement s'entend) auraient un effet dissuasif sur un compagnon, appelons-le, de fortune. Le taux d'hormone baissant, le désir ne s'empare pas de mon corps sans un mâle dans mon champ de vision. Heureuse période où je m'embrasais juste à respirer l'odeur lourde et trouble de la terre dégelant au printemps. Temps béni que celui où, apercevant ma flamme du moment au loin, j'aurais volontiers dévoré les carrosseries des voitures qui nous séparaient pour parvenir à lui.

La dernière fois que j'ai fait l'amour, il y a un an et demi, ce fut à mon corps défendant. J'ai cédé parce que le type, un vague flirt de mes vingt ans, m'a harcelée durant un mois. « Tu ne te rendais pas compte que j'étais malade de toi. Tu m'as fait fantasmer durant des années. » Allez résister à pareil compliment. A la limite, j'ai consenti par pitié. Et pour ses baisers à la hauteur du sterno-cléido mastoïdien. Jamais un homme n'avait fait frémir ma clavicule de la sorte. Je me mentirais à moi-même si je n'admettais pas que ce court épisode m'a émoustillée. Ça explique la promptitude avec laquelle j'y ai mis un terme quand un après-midi, s'abandonnant en moi, le revenant a soufflé dans mon oreille le prénom de son épouse. Je sais que Freud a déjà déclaré qu'un cigare était parfois un cigare. J'ai donc attendu la fin de l'épanchement, me gardant bien de relever son lapsus, et je l'ai quitté en le couvrant de tendres baisers pour ne pas éveiller ses soupçons. Que voulez-vous, je crois au message de l'inconscient. Cette expérience m'a rendue plus méfiante vis-à-vis des hommes bien mariés. C'est ainsi que le fantasmatique s'est décrit lors de notre rencontre inopinée.

Rachel poursuit ses amours fiscalo-catho et pour officialiser, en quelque sorte, la relation, elle reçoit à dîner samedi prochain. Je doute d'accepter son invitation. « Tu seras accompagnée ? a-t-elle demandé. Autrement, j'invite Charles. Tu sais que les chiffres impairs à table, ça fait tourner la sauce. » « Je peux demander à mon chat s'il est libre », lui ai-je rétorqué. Mieux vaut blaguer que sangloter sur mon sort ou me fâcher. Je le connais son Charles, c'est un gay qui idolâtre les femmes de notre âge, lui qui en déclare quarante. Homme passe-partout, il joue le soupirant hétéro le temps d'un repas. Certaines femmes adorent. Moi pas. Je préférerais qu'il assume. Il me semble que, de nos jours, les gens se fichent pas mal de l'orientation sexuelle. Rachel prétend que, dans le milieu du droit, les homosexuels en arrachent. Ça m'étonne, compte tenu des jugements si politiquement corrects des tribunaux.

Personnellement, je préfère sortir seule qu'au bras d'un homme faire-semblant. J'assume mon célibat, que le gay assume sa gaieté. Sous prétexte de masquer ma solitude, je ne vais pas passer le reste de ma vie au bras d'hommes, au demeurant charmants, qui vont me trouver belle, élégante, fascinante et qui, dès que j'aurai le dos tourné, se réfugieront auprès de jolis garçons moins fascinants mais plus en mesure de les satisfaire. J'en connais des femmes qui, faute de trouver des hétéros, vivent entourées de gays. Atteintes du syndrome du service trois pièces, elles trouvent intolérable de s'afficher publiquement seules ou en compagnie d'amies. Les hommes gays devraient refuser le rôle de faire-valoir pour les femmes en mal de mâles. Quand je parle de la sorte, Claire me trouve tranchante. Maud aussi. J'admets que mon radicalisme sur ce sujet délicat masque mon découragement. A mon âge, est-ce possible de faire le deuil du sexe, de la tendresse, de la complicité et d'accepter de me rabattre sur ces hommes avec lesquels je mimerais mes rêves et mes envies jusqu'à me leurrer moi-même ?

Faible femme, j'ai cédé à Rachel. Seule concession : j'ai refusé que Charles, en service commandé, vienne me cueillir à la maison. Et je suis arrivée en retard, ne voulant pas me retrouver en quasi tête à tête avec le disciple d'Euclide. Ce dernier m'a tenu la dragée haute, subtilement mais sans remords. De bonne guerre, me suis-je dit. A mon avis, il a un peu trop joué l'amoureux transi avec Rachel, regards furtifs, sourires entendus, effleurements appuyés, pour être sûr qu'on a tous remarqué. De l'enfantillage, quoi ! Rachel transpire le bonheur. Franchement, je suis heureuse pour elle. J'estime, par contre, que sa décoration de table manquait de dépouillement. Des roses rouges disposées dans le sens longitudinal, sorte de mur des lamentations amoureuses, et qui dégageaient un parfum mal assorti aux fumets culinaires, des assiettes en cœur pour le fromage et le dessert, une tarte gigantesque aux fruits rouges et du champagne rosé pour avaler le tout. Chère Rachel !

J'ai causé longuement avec Hélène, une de ses associées, qui accompagnait un superbe Afghan en demande de statut de réfugié. En tant qu'avocate, Hélène s'est spécialisée dans le droit de l'immigration et comme femme dans les immigrés du tiers monde. Elle milite d'ailleurs en faveur de toutes les causes vertueuses à la condition qu'elles ne concernent pas des Blancs. Hélène affectionne particulièrement les Africains des pays non colonisés par les Européens. En fait, elle m'a expliqué que les Sénégalais, les Congolais ou les Ivoiriens souffrent de mimétisme face à leurs ex-colonisateurs et aspirent, c'est elle qui l'affirme, à devenir des Blancs colorés. Elle marque aussi un faible pour les tribus en voie d'extinction et il m'a semblé qu'elle classait ces dernières dans son cœur selon l'échéance à laquelle elles disparaîtraient.

J'ai été heureuse de la retrouver toujours à l'aise, prête à ouvrir le feu de la discussion avec quiconque se risque à mettre en doute la trop grande ouverture du pays face aux demandeurs d'asile. Le jeune Afghan, vingt-cinq ans maximum, a peu parlé mais a conservé son sourire durant toute la soirée. Entré au pays via Londres, il étudie la communication. Avec Hélène, ça doit couler de source. C'est fou l'assurance de cette fille et son aisance à assumer ses goûts. Selon Rachel, ses liaisons durent six mois en moyenne. L'Afghan, une fois son congé reçu, aura réussi une intégration tout en douceur, héritera d'une garde-robe hiver-été et d'une caution financière pour la signature de son bail.

Personnellement, je serais incapable de prendre un jeune amant. Que puis-je partager avec un homme né après le « Vive le Québec libre ! » du Général, qui n'a pas vu Armstrong marcher sur la Lune et qui considère que les Beatles appartiennent à l'époque jurassique ? En fait, je me sentirais honteuse devant les enfants, Albert en particulier. Les femmes de mon entourage sont moins réservées. Plusieurs ne rêvent que de jeunes étalons, sous prétexte que les hommes de notre génération ne se gênent pas pour mettre des minettes dans leur lit. J'imagine que ces dernières, flattées que tant d'expérience s'allonge sur elles, restreignent les exigences qu'elles ont l'habitude d'avoir avec des gamins de leur âge. Henri a failli sombrer et notre agence avec, il y a deux ans maintenant, quand il s'est amouraché d'une gourde de vingt et un ans, diamant dans le nombril, chevelure sur les fesses, ambition à la Wall Street. Sa femme a fermé les yeux, baissé les bras et attendu que ça passe ou que ça casse. Ça a failli casser, et plaise au ciel que des extrasystoles aient ramené Henri dans le droit chemin. Émergeant de la rupture avec Georges, je me suis retrouvée désemparée, face à cet homme sous influence. La métamorphose survenait d'un matin à l'autre. Un jour il entrait le cheveu peroxydé, le lendemain il avait abandonné le veston cravate pour le pull noir moulant sous une veste déstructurée signée Versace que sa radinerie vestimentaire lui interdisait auparavant. La présence de la Pygmalionne s'est fait sentir jusque dans la conception des messages publicitaires, ce qui, je l'admets, aurait pu être bénéfique compte tenu du jeunisme ambiant. Il avait suffisamment disjoncté pour imaginer que l'étudiante en marketing – il l'avait rencontrée aux H.E.C. où il prononçait une de ses conférences intelligentes et désopilantes qui en ont fait une star dans la profes-

5

Albert vient de claquer la porte suite à une engueulade qui a secoué les assises de la maison. J'ai dû prendre plusieurs vodkas pour me calmer. Tout a débuté lorsqu'il est entré, chargé comme un mulet. « Qu'est-ce que tu as dans ton sac à dos ? » lui ai-je demandé sans arrière-pensée. « Tu m'espionnes », a-t-il répliqué, sur la défensive. Du coup, je suis devenue suspicieuse. « Ton fils est un revendeur de drogues. Mon sac en est plein. C'est la réponse que tu souhaitais ! » La défiance avec laquelle il me toisait m'a plongée dans un état second. Et allez comprendre pourquoi, je lui ai sauté dessus pour lui arracher son sac. Estomaqué, il a mis une seconde de trop à réagir si bien qu'en tirant le cordon avec une force décuplée par l'adrénaline, j'ai réussi à faire tomber une partie du contenu, à savoir : un guide Lonely Planet sur l'Inde, une biographie de Gandhi, des cartes routières du pays et une pipe à eau qui s'est fracassée sur le plancher. En hurlant, il m'a bousculée et s'est précipité dans l'escalier pour rejoindre sa chambre. Je lui ai couru après avec une rage qu'il faudra bien que j'analyse un jour. Je me suis frappé le nez sur sa porte et j'ai cogné et cogné en vain. « Ouvre-moi ou je défonce », je criais. Je l'entendais bousculer des objets mais il restait muet. Lorsque je me suis aperçue qu'un coup de poing de plus et j'y laissais la main, je me suis arrêtée, sans cesser de vociférer : « Je vais te mettre en pension en Ontario. » « J'suis majeur. Tu peux rien contre moi. » « Je peux te faire arrêter comme drogué, j'en ai la preuve par terre dans la cuisine. » J'étais déchaînée et, contrairement aux rares colères auxquelles je me suis laissée aller dans le passé, je ne voulais pas décolérer. La fureur me rendait insensible au fait que mon propre fils en faisait les frais. A vrai dire, je ne savais plus quel homme était réfugié derrière la porte.

Après de longues minutes, les sanglots ont surgi et, avant même que je reprenne mes esprits, Albert s'est extirpé de la chambre, m'a contournée comme si j'étais en feu – il n'avait pas tort – et j'ai entendu résonner longtemps le bruit de la porte d'entrée dont les carreaux de verre ont survécu par miracle, à la poussée olympienne avec laquelle il l'a refermée.

Je l'admets, je suis saoule. Consciente mais saoule. Je sens la migraine s'installer entre mes yeux. La journée de demain sera foutue. Moi, je le suis déjà.

Il fallait s'y attendre, Albert a découché... Hier soir, Maud avait ramené des copines et escomptait que je prépare le dîner. Déçue de me trouver au lit, elle s'est bien gardée de s'informer de ma santé. « T'as la migraine comme d'habitude », m'a-t-elle lancé, contrariée. Elle m'a tout de même soutiré de l'argent pour se faire livrer du barbecue. « La ménopause, c'est vraiment déprimant », a-t-elle laissé tomber avant de refermer la porte de ma chambre. J'ai gémi sur mon pauvre sort de monoparentale. En pleine nuit, je me suis réveillée, la vue embrouillée, nauséeuse, trop mal en point pour analyser la crise de la veille. Je me suis dirigée vers la chambre d'Albert, certaine de ne pas le trouver dans son lit. Puis je me suis recouchée en imaginant le pire, c'est-à-dire mon fils étendu par terre, gelé, hallucinant sur sa sorcière de mère, au fond d'un appartement glauque. J'ai imaginé mon avenir également. Seule, pendue au téléphone, en quête de liens avec des amies distraites et elles-mêmes physiquement défaillantes. Le soleil n'était pas levé que je plongeais dans la baignoire. L'envie de m'y noyer a effleuré mon esprit ou ce qui en tient lieu.

Je me suis traînée au bureau à cause d'une réunion avec un nouveau client. Cette fois, il faut trouver un concept original vantant les couches pour vieillards incontinents. Premier choc. J'apprends qu'une partie des consommatrices se recrutent parmi les femmes quinquagénaires à la vessie affaissée. Rien pour améliorer ma nausée. « La pub de notre produit est un défi à votre imagination », nous a dit le client, un type rabougri, pratiquant évident de la continence. Avant la rencontre, inconscient de mon état, Henri m'avait mise en garde contre l'utilisation abusive de mon humour. L'air sévère, j'ai donc proposé une pub avec l'image d'un petit vieux, un bébé sur les genoux, illustrée du slogan « Ils partagent le même secret ». « Pas mal », a dit le type mais ça risque de laisser entendre que le vieux retourne en enfance. « C'est un peu ça, non ? » ai-je dit. Henri m'a jeté un regard écœuré. « Que pensez-vous du slogan *Le confort des générations* ? » « Je ne saisis pas », a déclaré le client. « On va vous proposer une liste qui va faire votre bonheur », a lancé Henri pour mettre un terme à ce qu'il considérait des élucubrations de ma part. « Vous l'avez trouvé : ça fait leur bonheur. C'est excellent. Vendu. » Gagner sa vie à la sueur de son front, c'est ce qu'on a fait ce matin. Rien là pour pavoiser.

En tentant de reprendre contact avec Albert sur son cellulaire, je suis tombée sur un nouveau message vocal : « Ici Albert. Laissez votre numéro. S'il s'agit de ma mère, il n'y a pas de service au numéro que vous avez composé. » Mon fils va se retrouver dans la publicité un jour, c'est clair. Entre-temps, il me fait mariner.

La fin de la grossesse de la rapeute se révèle problématique. Maud vient de m'en informer. « Papa est très perturbé. Il me semble que tu devrais l'appeler. » Je n'en crois pas mes oreilles. Ma fille me demande de consoler son père. Mais qu'est-ce que je dégage pour qu'on ait de telles attentes à mon endroit ? « Tu sais, Maud, j'espère que tout va se passer pour le mieux avec le bébé mais je suis la dernière personne à qui tu peux demander pareille chose. » Maud m'a regardée, interloquée. « Enfin, maman, ç'a été ton mari et c'est mon père. » « Il m'a quittée. Tu sembles l'oublier. » Elle a haussé les épaules comme si un poids trop lourd pesait sur elle et, pour une rare fois, elle s'est emparée de mes mains en me fixant à la manière d'un médecin sur le point d'annoncer une maladie terminale à un patient. « Écoute-moi bien, maman. Albert et moi, on commence à te trouver pénible avec tes histoires de séparation. Tu ne fais pas pitié. T'as de l'argent plein tes poches, t'es entourée d'amis. Tu dois seulement comprendre qu'à cinquante ans, le prince charmant, c'est terminé. Tourne la page. Nous, on l'a tournée et puis on est juste des adolescents. Alors assume-toi. Suis notre exemple. » Elle m'a effleuré la joue de ses lèvres, curieux, elles étaient froides, m'a tapoté les mains en retirant les siennes et a déclaré : « Ce soir, je dors chez papa. Il a besoin de moi. » N'eût été la migraine qui brouillait encore ma vue, j'aurais ingurgité une bouteille de Stolichnaya, distillée et embouteillée pour Zao « Sojuzplodimport » Moscou. A la place, j'ai avalé deux Tylenol extra-fort, j'ai débranché le téléphone de ma chambre et je me suis enfouie au fond du lit dans l'espoir d'oublier jusqu'à mon prénom.

« Ce sont les maudites hormones qui influent sur le tempérament », m'assure Louise à qui j'ai raconté, sans entrer dans les détails, ma journée d'hier. De son point de vue, ma vie avec les enfants serait simplifiée si j'acceptais d'admettre une fois pour toutes mon besoin d'un digne représentant de la testostérone. Ineffable, Louise n'en démord pas. Elle me cache quelque chose, par contre. Je la connais comme si je l'avais tricotée. Paul part dix jours en Afrique et elle ne l'accompagne pas, alors qu'en temps normal elle se serait organisée avec son associé, arracheur de dents, pour qu'il prenne en charge les bouches de ses patients pendant son absence. « L'Afrique, c'est bien beau mais je ne vais pas risquer les amibes, le choléra, la malaria et la bilharziose pour quelques jours d'exotisme. » « Et les MST ? » ai-je ajouté avec un vague sourire. Un quart de seconde, je l'ai déstabilisée. Elle s'est ressaisie, croyant me leurrer. Louise a anguille sous roche, si je peux m'exprimer ainsi. Oh là, si les jeux de mots me font gagner ma vie, ils vont me faire perdre mon esprit !

J'ai trouvé Albert, installé devant la télé, à regarder les Simpsons, l'émission fétiche de son enfance. « A quelle heure on mange ? » a-t-il demandé en me voyant. « Ton heure me convient », ai-je dit, accommodante, même si l'idée de manger me levait le cœur. « J'ai faim tout de suite. J'aimerais un steak. Bleu, si ça ne te dérange pas. » J'ai failli dire deux si tu préfères, et vert ou rose si tu le souhaites. En temps normal, il aurait au moins fait semblant de vouloir m'aider. Là, rien. J'ai joué la mère soumise, nécessité fait loi. J'ai même offert de lui préparer un plateau télé. « Bonne idée », a-t-il lancé. Bonne idée pour moi aussi, car ça m'évitait une explication que je ne me sentais pas la force de lui donner. J'ai donc regardé la fin du dessin animé puis il a zappé durant quelques minutes. Je déteste cette habitude, il le sait, mais je me suis tue. En fin de compte, il a décidé de se fixer sur des courses de voitures brinquebalantes qui se démolissent entre elles à une vitesse qui m'est apparue démente. « Regarde ça, maman, comme c'est fou. » Maman a subi durant près d'une heure ce spectacle affligeant, incluant les pubs de bière, de gasoil, de pizzas dégoulinantes. « Le steak était cuit parfaitement à mon goût », a dit mon fils quand j'ai amorcé un mouvement pour indiquer que je quittais la pièce. « On devrait peut-être se parler ? » ai-je lancé d'un ton que j'espérais détaché. « La vie est un long dialogue », a-t-il répondu en recommençant son zapping pour me signifier mon congé.

Maud a réintégré la maison, mais l'inquiétude se lit sur son visage. Étonnant tout de même qu'elle prenne tant à cœur la grossesse de l'autre. Entre une indifférence de sa part, que je réprouverais, et l'anxiété qu'elle exprime, il me semble y avoir une gamme d'émotions plus ajustées à la situation. En réalité, si j'ai bien compris, la future mère a ressenti de fausses contractions que le médecin a estimées sans alarme et, par prudence, il a recommandé l'alitement. Ennuyeux mais banal. Je n'ose pas tenter de rassurer ma fille. Elle serait bien capable de me prêter les pires intentions. Je ne reconnais plus Maud, la détachée. L'étrangeté de nos enfants, quel insondable mystère.

Louise tourne autour du pot. Elle s'est invitée à la maison demain soir, jour du départ de Paul. « J'apporte des sushis et j'espère qu'on dînera en tête à tête », a-t-elle précisé. Non seulement elle souhaite me parler dans l'intimité, normal, mais le choix des sushis indique qu'elle désire éviter que je me lève de table. Tant de chichis pour m'annoncer qu'elle a un amant virtuel, ça lui ressemble, et expliquerait ses heures d'insomnie passées sur Internet. « Qu'est-ce que tu fais devant ton ordinateur ? » lui ai-je demandé plusieurs fois. « En ce moment, je visite les grands musées d'Europe. » Je l'ai crue. La technologie au service de la culture, quoi de plus emballant, fut mon commentaire. Elle a acquiescé.

De la fenêtre, j'observe Louise remonter dans sa voiture. Je n'arrive pas à la lâcher des yeux. Depuis trente ans, je n'ai jamais douté de ce qu'elle me racontait de sa vie. Comme moi, Louise était fidèle, comme moi, elle croyait à la pérennité du couple, comme moi, elle se satisfaisait d'un amour rassurant, mélange de complicité affectueuse, de régularités sexuelles et d'habitudes partagées. A bien y penser, le choc que je ressens, après les confidences inimaginables qu'enfin elle a osé me faire, me renvoie davantage à moi-même qu'à elle. Qui suis-je donc pour vivre à proximité d'êtres qui non seulement m'échappent mais me confondent absolument ? Georges d'abord et aujourd'hui la plus intime de mes amies.

Sans la juger, j'ai toujours trouvé Louise trop distante avec ses deux filles. D'ailleurs, celles-ci se sont empressées de quitter la maison dès leur majorité. Je n'ai jamais compris non plus son peu d'intérêt à l'endroit de son petit-fils âgé de trois ans maintenant. Louise ne s'est jamais offerte à le garder et n'a pas cherché davantage à partir en vacances l'été avec sa fille, son gendre et le petit. « Je voudrais bien être à ta place », ai-je osé lui faire remarquer, un jour où elle se plaignait qu'au cours d'un dîner de famille, l'enfant, ne cessant de pleurer, s'était retrouvé dans ses bras tout le long du repas. « J'ai toujours eu du mal avec les bébés, même les miens », m'avoua-t-elle sans gêne aucune. Combien de fois, dans le passé, je l'ai dépannée en gardant ses petites. Et pas deux heures. Deux, trois, même quatre jours. Tout s'éclaire aujourd'hui. Ses sempiternels problèmes de gardienne, entre autres. Comment planifier quand on ajuste sa vie à ses coups de cœur ?

Depuis des années donc, Louise était la première utilisatrice de ses compétences d'entremetteuse. Autrement dit, elle rabattait avant tout pour elle-même et, moins généreuse qu'il n'y paraissait, offrait aux autres les dépouilles. De là, cette frénésie à vouloir accoupler tout le monde. « Depuis dix ans, les amants ont défilé dans ma vie. Sans eux, je n'aurais pas survécu à l'ennui de vivre avec Paul. » Voilà ce qu'elle m'a dit. Paul, eh bien, elle a décidé de le quitter à son retour d'Afrique. « J'ai pensé que ce n'est pas à Douala qu'on annonce une nouvelle pareille à son mari. » « Des villes idéales pour rompre, t'en connais ? » J'essayais d'alléger le climat entre nous. Parce que, sur le coup, je lui aurais sauté à la figure.

Toute cette vie de mensonges entre nous. Tiens, la fois où ses filles ont commencé leur poussée de rougeole chez moi à cause de sa participation de dernière heure au congrès sur l'orthodontie à Seattle alors que

Paul consultait à Addis-Abeba, Louise vivait probablement en grinçant des dents dans un lit king size au Quatre-Saisons à quelques kilomètres de la maison. Et durant sa semaine de cours sur l'hygiène buccale en République dominicaine au moment même où Paul risquait sa vie à Beyrouth sous les bombes en tant qu'observateur des droits de la personne, je suppose qu'elle pratiquait le bouche-à-bouche à l'ombre des palmiers. Pendant ce temps, tous les soirs, j'allais superviser les devoirs de ses filles avant de les border et de les endormir en leur racontant l'histoire de la maman et du papa voyageant sur des tapis volants. Quelle dinde ! Je mériterais d'être embrochée et rôtie pour la Thanksgiving.

A collectionner les amants, comment a-t-elle réussi à ne pas s'en attacher un ? Je parle par naïveté, sans doute. Enfin, la loi de la statistique favoriserait l'émergence d'un prétendant, ce qui n'est pas le cas puisque Louise m'assure – mais allez la croire désormais – qu'elle rompt son mariage sans aucun homme dans sa vie. Seule motivation : l'ennui. « Le vendredi, la pression montait. Contrairement à ce que je t'ai toujours raconté, je ne suis pas asthmatique. Mes étouffements, c'était plutôt des crises de panique. J'ai consulté une batterie de médecins, dont un pneumologue qui s'est retrouvé dans mon lit. Pour respirer, j'ai eu besoin d'aventures intenses et courtes. Ça m'a sauvée. Aujourd'hui, rien ni personne ne peut m'arrêter. Ma décision est irrévocable. Tu comprends ? » J'ai bafouillé mais Louise s'en fichait. De moi comme de tout le monde. L'important n'est pas de dire la vérité mais dire toute la vérité, j'ai déjà lu ça quelque part. Ouf...

6

Depuis les révélations de Louise, je ne regarde plus les gens, je les scrute. Même les jumeaux. En fait, surtout les jumeaux. Ma vie se sera donc déroulée dans l'aveuglement le plus complet ou, ce qui revient au même, dans un acharnement inconscient à refuser la réalité. Monoparentale et schizophrène soft, ma carte de visite est à réimprimer.

Quand j'étais petite et que ma mère, poussant des petits cris d'oiseau, s'enfuyait de la maison la nuit en pyjama – toujours blanc avec des brides roses ou bleues –, mon père nous disait qu'elle jouait à la cachette avec lui. Je l'ai cru longtemps. Lorsqu'en ouvrant le frigo on trouvait ses produits de beauté, parfois une paire de chaussures ou un sac à main et même nos jouets, papa nous assurait qu'on avait la mère la plus drôle en ville. Ça faisait rire mon petit frère Marc et moi, pour être certaine que je devais rire, je testais les exploits de ma mère sur mes amies de classe. Elles s'esclaffaient. Certaines disaient : « Je te crois pas » et d'autres me suppliaient de les amener à la maison pour rencontrer maman. Je m'en gardais bien. Je riais puisqu'elles me l'autorisaient mais pour rien au monde je ne les aurais exposées au théâtre familial quotidien. La drôlerie, cependant, ne m'a plus quittée.

Plus tard, les pilules ont rendu ma mère moins drôle. Elle ne jouait plus à la cachette, notre frigo ne contenait plus que des aliments mais elle dormait le jour, enfermée dans sa chambre. J'ai appris à marcher sur la pointe des pieds et même à éviter de tousser. « Votre mère est malade et a besoin de repos. Beaucoup de repos. » Marc et moi étions si sages devant les adultes qu'on suscitait l'envie des parents du voisinage. Avec les enfants de mon âge, je me défoulais. Les psy diraient sans doute que ce fut salvateur pour mon équilibre intérieur. Je découvre sur le tard que ça m'a transformée en naïve dramatisante. En ce sens, créer des slogans chocs pour vendre de l'apparence alimente ma névrose. Au lieu de payer pour le comprendre, face à un psy neutre et bienveillant, j'en ai fait mon fonds de commerce. Alors j'encaisse le fric et je vis dans le luxe. Juste à y penser, je suis fière. C'est rare que ça m'arrive mais Dieu que ça ravigote.

Je suis peinée pour Paul. Pourquoi les hommes gentils sont-ils souvent les plus ennuyeux ? Peut-être devrais-je poser le problème autrement : qu'est-ce qui explique que les plus casse-pieds, les plus chiants, les plus désaxés attirent les femmes comme des mouches ? Non seulement les attirent mais les retiennent. A-t-on jamais vu une femme se consumer pour un gentil ? Réponse : non. De là je conclus que les femmes s'excitent davantage auprès des mufles de tout acabit que des délicats prêts à leur décrocher la lune. Paul appartient à cette dernière catégorie. Tiens, où se situerait Georges ? Son détachement de moi, cette façon qu'il avait de jouer l'indifférence, de toujours sourire de mes emportements, cette hauteur que j'hésite à qualifier de dédain ont sans doute contribué à m'attacher et à m'enlever le désir d'aller tester ma séduction sur d'autres. Car ce n'est pas le sens moral, la vertu, pour reprendre le vocabulaire familier de mon éducation catholique, qui m'a éloignée de l'infidélité. Ce fut l'amour et un besoin irrépressible de normalité. J'appréciais que mes amies les plus proches soient mariées et le restent. J'ignore quelle aurait été ma réaction si j'avais connu la vraie vie de Louise. Il me semble que la peur de la contagion m'aurait éloignée d'elle.

Je m'attends au pire quand Louise assommera Paul, retour d'Afrique. Elle compte sur moi pour le réconforter. « Tu es la seule à qui je l'imagine se confier. » Je n'en doute pas et ne vais pas m'esquiver mais l'idée de me retrouver dans l'œil de leur tornade ne m'enchante guère. Je me vois déjà en consolatrice. « S'il y a une personne qui te comprend, c'est bien moi, Paul. » Deux floués valent mieux qu'un. J'espère aussi que le pauvre homme ne s'attend pas à un recollage du couple. J'aurai à lui expliquer que quand une femme décroche, même un tremblement de terre force huit sur l'échelle de Richter ne peut la convaincre de revenir en arrière.

Rachel roucoule toujours. God promène désormais une Longines argent et or à son poignet. Il lui a offert un collier en lapis-lazuli qui lui déplaît. Elle le traîne dans son sac et se l'accroche autour du cou dès qu'elle est en sa présence. « He doesn't know my taste obviously. » « Ça viendra », ai-je dit sans y croire. On a cassé la croûte ensemble à midi, façon de parler puisqu'on s'interdit le pain – et Rachel, sans me prévenir, avait convoqué le chéri pour le café. Je suis étonnée de la délicatesse étudiée avec laquelle il la traite. En l'observant de près, mon intuition première s'est confirmée. Je mourrais d'ennui à ses côtés. Le vérifier m'a réconfortée. Et puis, les révélations de Louise m'ont secouée au point où je doute désormais même des relations apparemment les plus harmonieuses. Et si j'avais tout faux. Le « Love », Rachel lui donne du « Love » à la fin de chaque phrase, ça me tomberait sur les nerfs à sa place, le Love donc se projette dans l'avenir avec elle. L'hiver prochain, ils partiront en Birmanie. « Pourquoi en Birmanie ? » ai-je demandé à God-Love. « Rachel en rêve », a-t-il répondu tout sourire. Elle m'a regardée, hypocritement. Quel cinéma à nos âges ! Je sais depuis longtemps que Rachel avec ou sans Love comptait s'y rendre. Je crois même qu'elle avait déjà réservé ses billets. Lui ne doute pas d'être l'initiateur du voyage.

Déception de Louise. Le retour de Paul est retardé d'une semaine. Personnellement, je m'en réjouis. Une semaine de répit avant le drame. Louise visite des appartements. Pas question pour elle de rester dans la maison commune. Elle se fait croire qu'elle agit par bonté. « Les hommes sont tellement désorganisés. Ils font pitié quand tu modifies leur décor routinier. » En fait, Louise profite de la séparation pour changer d'ameublement, d'habitation et de quartier. Elle zieute un appartement totalement fenestré dans le même immeuble que ma belle-mère. « Je vais dominer le centre-ville. De ma chambre à coucher, j'aurai le sentiment de flotter sur le fleuve. » Et la peine de Paul ?

Elle se donne l'illusion qu'en lui offrant de conserver leur maison, en le laissant dans ses meubles, elle la réduit d'autant. Non seulement elle ne l'aime plus, mais elle lui en veut, ma foi. Dans l'appartement dont elle rêve, pas de chambres d'invités. « Tes petits-enfants ? » « J'ai donné. Je ne suis pas une garderie. » J'en ai le souffle coupé. Se pourrait-il que la pratique de l'adultère doublée d'une hormonothérapie produise un détachement au point de faire le vide total sur sa vie antérieure ? « Je m'appartiens désormais. » Qui donc était propriétaire de sa personne ces dix dernières années alors que les amants se succédaient, pour ne pas dire, se télescopaient, dans sa vie ? La question, je ne l'ai pas posée, Louise m'en a suffisamment déballé depuis quelques jours. M'adapter à ma « nouvelle » vieille amie gruge une bonne partie de mon énergie. De l'air...

J'ai failli tout raconter à Claire mais elle avait d'autres chats à fouetter car son John est plongé dans une agitation de laquelle il n'arrive pas à s'extirper. Son épouse a reçu à leur domicile un bouquet de fleurs accompagné d'une carte disant en gros : « Mon amour ne connaît que le printemps de tes étreintes ». Le phrasé annoncerait une chanson de Céline Dion. Pour un radiologiste, l'effort est appréciable. Toujours est-il qu'un imbroglio autour de la carte de crédit a obligé le marchand à retracer l'adresse du docteur et qu'une employée a confondu celle-ci avec celle de Claire. Vu l'état fragilisé de Madame, fragilité dont je commence à douter avec ce que j'apprends en rafale sur mes frères et sœurs les humains, Claire vit sur les dents. Même à l'hôpital, John la fuit. Je la soupçonne de s'autoprescrire de puissants calmants car j'ai trouvé son flegme suspect et son empathie pour la rivale intolérable. « Pauvre femme, quelle blessure, quelle douleur », ne cesse-t-elle de répéter. Dans l'état qui est le sien, elle est mûre pour s'accuser à l'avance si l'épouse décide d'une fin automnale. D'une certaine façon, l'incident pourrait lui être bénéfique. Je parle de Claire, pas de l'épouse. Il me semble qu'elle mérite un homme à plein temps. Je l'observais en l'écoutant. Avec son élégance, sa grâce, sa douceur, il doit bien exister un homme en ville pour sacrifier des attaches effilochées à pareille divine créature. Mon Dieu, je suis en train de prendre le relais de Louise... Reste à découvrir si, à sa manière, je rabattrai avant de m'entremettre.

J'ai accepté l'invitation d'Hélène qui fête la reconnaissance, par les autorités de l'immigration, du statut de réfugié de son jeune Afghan, Massoud. Dépaysement obligé puisque Hélène fuit ce qui lui ressemble. Je dois dégager une étrangeté ou à tout le moins un exotisme pour avoir été sélectionnée par elle. En arrivant, je me suis crue à l'Unesco, l'Occident en moins. J'ai été happée par Hélène qui tenait absolument à me présenter Lwanga, un Ougandais atterri ici via Amsterdam et qui a entrepris chez nous une recherche socio-psychologique à propos de la violence exercée sur les vieillards par leurs propres enfants. « On bat nos vieux parents au point d'en faire un objet d'études ? » lui ai-je demandé, sceptique. « Le phénomène est suffisamment alarmant pour qu'on s'y penche, en effet », a-t-il répondu. Lwanga m'a ensuite exposé ses hypothèses de travail. Il croit que notre génération de baby-boomers vit dans la nostalgie du meurtre du père – son approche lacanienne fait flèche de tout bois – et

cherche aussi à régler ses comptes avec la mère canadienne-française castratrice. « Que mes jumeaux
essaient de lever le bras sur moi, vous verrez que je
vais renverser votre théorie. » Il a ri. Sa femme moins.
Makulata, ainsi se prénomme-t-elle, n'a pas semblé
apprécier notre conversation qui, je l'avoue, s'éterni-
sait. Agréable sentiment que d'être jalousée. Je n'en ai
pas abusé et me suis éclipsée vers le fond du salon où
un homme, cheveux poivre et sel, teint basané, regard
pénétrant, n'avait cessé de m'observer. « Vous êtes
publicitaire, n'est-ce pas ? J'ai vu votre prestation à la
télé pendant la dernière campagne électorale. » Excellent sens de l'observation, regard plus que pénétrant
puisque mon apparition au petit écran remonte à six
mois. « Je m'appelle Rachid. » « Vous êtes avocat ? »
ai-je demandé pour dire quelque chose. « Non, ophtal-
mologiste. » J'ai failli dire : comment trouvez-vous
mon fond de l'œil mais j'ai résisté. J'ai plutôt entrepris
une conversation d'une neutralité irréprochable sur le
pouvoir télévisuel dans le choix du vote, tout en jetant
un regard autour de nous. S'il a une femme, elle va
surgir, me disais-je. « Vous attendez quelqu'un ? »
s'est-il enquis sur un ton oscillant entre l'amusement
et l'agacement.

Une musique des îles ou d'un sous-continent, je
n'aurais su dire, nous obligeait à hausser la voix. La
fluidité de notre échange était en train d'être compro-
mise car essayez de tenir un discours logique lorsqu'on
se déhanche autour de vous. Rachid s'est donc emparé,
non pas de mon bras mais de mon coude, et m'a poussée
à l'extérieur de la pièce. A l'évidence, nous recher-
chions plus d'intimité et je jure sur la tête de mes
enfants que je n'avais aucune arrière-pensée. Je souhai-

tais simplement ne plus quitter cet homme et constatais le même désir chez lui. Les mots échangés servaient de prétexte. M'écoutait-il discuter sur le rôle de la publicité dans la transformation du message politique ? Étais-je attentive aux explications quant aux conséquences sur la vision de l'écran cathodique *versus* l'écran d'ordinateur ? Né à Alexandrie, mon interlocuteur a transité par les États-Unis avant de s'installer dans notre ville. Suspect, me suis-je dit. Pourquoi avoir abandonné le pactole, c'est-à-dire le prestigieux hôpital John Hopkins à Philadelphie pour l'hôpital montréalais ? Comme s'il lisait dans mes pensées, Rachid m'a précisé que, de culture française, il avait éprouvé un véritable coup de foudre pour nous lors d'un congrès tenu dans la capitale. Quand il a prononcé les mots coup de foudre, j'ai cru apercevoir une brillance dans son œil. Voilà que les arrière-pensées me rattrapaient. Pas d'alliance à son doigt. Ça ne signifie rien mais un anneau indiquerait le statut. Age incertain mais rien pour me faire chanter la chanson de Dalida sur son jeune amant. Veste de qualité. En frôlant son bras, j'ai reconnu le cachemire. Pas très grand. Moins important depuis que je ne porte pratiquement plus de talons hauts. Le reste de sa personne, je n'ose le transformer en fantasmes mais Rachid m'apparaît doué pour les effleurements visuels et tactiles. « Le bruit vous importune ? » m'a-t-il demandé au moment où, sans vraiment m'en rendre compte, je me massais la tempe droite. Heureux geste. J'ai répondu « oui » et il a enchaîné : « Que diriez-vous d'un verre dans un endroit plus approprié ? » Approprié ? Vive le vocabulaire.

Je lui ai fait croire que j'étais venue chez Hélène sans voiture pour pouvoir monter dans la sienne.

Hasard, destin, elle était stationnée exactement derrière la mienne. J'ai jeté un petit regard attendri sur ma carrosserie. « Pas un mot », ai-je failli lui dire comme si elle allait me trahir. Dans son auto, aucune trace de présence féminine. Bon début.

La nervosité me rendait idiote, je n'osais pas trop parler. Par contre, les silences m'énervant davantage, je m'empressais de les meubler de lieux communs, genre « C'est fou, plus personne ne respecte les feux de circulation » ou pire : « Quand j'étais enfant, il y avait sur la gauche, à l'angle, une église anglicane qui a brûlé. Incendie criminel. » Décidément, Rachid prenait la mesure de mon QI.

Une fois dans le bar, face à lui, la vodka aidant, je me suis calmée. Dès qu'il levait les yeux sur moi, il souriait. J'ai appris peu de choses sur lui, sauf l'essentiel. Il est veuf depuis trois ans. Ses enfants vivent entre New York, Sydney et Jakarta. Sa femme est morte subitement. « Un choc terrible. » C'est tout ce qu'il en a dit. « Et vous ? » « Mon mari m'a quittée, il y a trois ans. Ce fut aussi un choc terrible. » Rachid a avancé la main mais a tout de suite retenu son geste. J'ai apprécié. Tout épanchement précoce serait de mauvais goût. Ça m'a permis de me ressaisir mais pas de faire disparaître le trouble dans lequel sa présence me plongeait. Après le second verre, il a dit : « J'ai un peu faim. Vous ? » J'ai répondu : « Je vous accompagnerais bien. » Quelle phrase stupide. On est entré dans un *delicatessen* tout à côté du bar. L'éclairage au néon m'a ramenée sur terre. Quelle tête je devais faire, sans rouge aux lèvres, les joues pâlies, l'ombre à paupière estompée. « Vous êtes resplendissante. » On dirait vraiment qu'il lit dans mes pensées. C'était la seconde fois dans la soirée. On a commandé des *smoked meat*. Il dévorait son sandwich. « De ma vie, je n'en ai jamais mangé de meilleur. » Il l'a répété à trois reprises. Compte tenu que la qualité du *smoked meat* varie peu, son insistance m'a semblé exagérée. Ça m'a effleuré l'esprit que c'était moins la viande fumée que ma personne qu'il appréciait.

Je n'étais pas sitôt entrée à la maison que le téléphone sonnait. « Je vous remercie de cette soirée. J'espère qu'on la renouvellera. » Il m'appelait de son auto. Comment a-t-il eu mon téléphone ? Je ne suis pas dans l'annuaire. Débrouillard, docteur Rachid.

7

Hélène, prosélyte, semble ravie que je sois repartie
avec son ami dont elle m'a appris le nom de famille,
Tamzali, que j'ignorais, en dépit de la soirée passée en
sa compagnie. Je l'ai remerciée de l'invitation et ai été
incapable de raccrocher avant de subir un exposé
enthousiaste sur les relations interculturelles. Je la
soupçonne d'avoir été élevée au fond de la campagne
dans un village où tous les habitants étaient parents.

Ce soir, Maud s'est étonnée de me retrouver, étendue
sur le canapé du salon, les yeux au plafond, écoutant
Gould dans les *Variations Goldberg*. C'est vrai que je
n'ai pas donné aux jumeaux l'occasion de voir leur
mère alanguie depuis un bon bout de temps. « Tu te
détends la rate, maman ? » Tu appelles ça la rate, ai-je
failli dire mais je me suis retenue. Je ne supporte pas
les confidences érotico-sentimentales entre parents et
enfants. Dans les deux sens, d'ailleurs. Pendant que
l'on causait Maud et moi, le téléphone a sonné et je
me suis précipitée, à la surprise de ma fille. Ça n'était
que Louise. « J'ai loué l'appartement dans l'immeuble
de ta belle-mère », m'a-t-elle annoncé. « Bien », ai-je
répondu. « Je vois que ça t'intéresse. Si c'est comme
ça, je raccroche. » Elle me jette par terre, mon amie.

Son mari s'apprête à rentrer chez lui pépère et elle, euphorique célibataire néophyte, elle voudrait que je saute de joie parce qu'elle rompt un mariage de vingt-huit ans – on a fêté leurs noces d'argent il y a trois ans et j'ai même fait un discours bien senti sur la pérennité de leur couple. Louise, dans sa détermination, oublie l'étape la plus éprouvante : l'annonce faite à Paul. J'ai l'impression qu'elle sous-estime son propre rôle. Elle ne pense tout de même pas lui transmettre la nouvelle (drôle de mot pour désigner cette horreur) par courriel ou téléphone. Face à face, elle va découvrir que les nerfs sont mis à rude épreuve. Ce qui me sidère et me désarçonne le plus, c'est de constater qu'elle prend congé de sa vie avec Paul sans apparente émotion ou nostalgie. Quels secrets m'ont encore échappé dans la vie de ce couple ?

Ma belle-mère non plus ne cessera de m'étonner. Au restaurant, où je l'ai invitée, elle a picoré dans son assiette. « J'ai trop mangé ce matin. » Je ne l'ai pas crue. Elle, si tonique d'habitude, ne réussissait pas à s'animer. Après dix minutes, j'ai brisé la glace. « Il y a quelque chose qui vous préoccupe, j'en suis certaine. » « Ça se voit ? » elle m'a répondu. Eh bien, encore une fois, je suis tombée des nues. La mère de Georges avait reluqué à son club de bridge un veuf « très bien de sa personne, pas un petit vieux tremblo-tant ». Or, elle venait d'apprendre, de la bouche même de son amie à qui elle avait avoué son béguin, que cette dernière avait jeté son dévolu sur lui. « Elle m'a trahie. Pire, j'ai l'impression qu'elle ne l'avait pas vraiment remarqué. C'est grâce à moi si elle s'y est intéressée. » Belle-maman craint de passer pour une vieille folle, c'est elle qui s'attribue le qualificatif, et je l'ai rassurée avec le sérieux de circonstance parce que je jubilais intérieurement. Les écologistes mettent en garde contre le réchauffement de la planète, la couche d'ozone, les pluies acides. Je me demande si, de nos jours, il n'y a pas au-dessus des villes des émissions d'œstrogènes dans l'atmosphère. Après Rachel, Louise et moi, voilà que ma belle-mère et son amie, cent soixante ans à deux, sont guillerettes et se laissent émoustiller par les hommes. Cela dit, les femmes ne changeront jamais. Face au mâle, elles sont les pires ennemies.

Enfin, Rachid s'est manifesté. J'avais mis mon désir en marche arrière de peur qu'il ne rappelle pas. Il n'apprécie guère le téléphone. « Je passe tellement de temps en communication avec des patients. Vous ne serez pas froissée si je limite notre conversation. » « Mon œil », ai-je eu envie de répliquer. Je me suis ressaisie à temps. Mais l'appel m'a déçue, irritée plus exactement. Il m'a invitée à dîner dans trois jours. Dans le meilleur restaurant grec de la ville. Bon point pour lui.

Fait rare, je suis entrée dans la chambre d'Albert pour y chercher mes clés de voiture qui n'y étaient pas. Cinq livres sur l'Inde encombraient sa table de chevet mais le sujet reste tabou entre nous. J'attends mon heure. A trop brusquer les choses, je perdrai tout, mon fils d'abord. J'en ai glissé un mot à Maud qui m'a félicitée de mon comportement. « Contrairement à ce que je pensais, tu progresses, maman. Albert cherche à tout connaître de l'Inde mais il est loin de s'être décidé. De toute façon, tu sais comment sont les hommes. Incapables de réserver un billet d'avion sans se tromper de date ou de destination. Et c'est pas papa qui va l'aider. Chez lui, c'est Annette qui gère tout. »

Pour la première fois, Maud prénomme l'autre. Entendre ce prénom a produit chez moi l'effet d'une brûlure. Ma fille l'a perçu et, pour tenter d'effacer à la fois son propre malaise et mon trouble, elle en a remis. « Annette s'occupe même de prendre rendez-vous au garage pour papa », a-t-elle ajouté platement. Puis elle a regardé sa montre pour se composer une attitude. « Je suis très en retard. Mon cours est déjà commencé. » Elle s'est ensuite penchée et m'a embrassée presque tendrement. Je me déteste de souffrir de cette manière. Mea culpa, mea culpa, mea maxima culpa.

Happée par le travail, ayant passé deux jours en studio à Toronto pour enregistrer de stupides pubs télé (malheureusement les plus payantes), je n'ai pas vraiment pensé à Rachid avant d'entendre le message qu'il m'a laissé sur ma boîte vocale : « Je me fais fête de vous retrouver demain. » Devant la galanterie, je fonds. Depuis plusieurs années, je fonds rarement. Les féministes radicales ont réussi à creuser la tombe de la prévenance avec des arguments chocs. « Ne tiens pas la porte, je peux le faire moi-même. » « La facture ? On paie moitié, moitié. Comme ça on ne se doit rien. » « Mon manteau ? Je ne suis pas infirme. Je peux le mettre toute seule. » Bravo, la libération de la connerie !

Allez savoir ce qui lui a traversé la tête mais Louise, perturbée, je suppose, malgré les apparences, a annoncé à sa cadette qui lui téléphonait par hasard qu'elle se séparait de son père. « C'est ta vie », aurait répondu avec détachement sa fille. N'empêche qu'elle s'est précipitée pour transmettre la nouvelle à sa sœur, laquelle est arrivée sans crier gare chez Louise et lui a fait une scène d'hystérie. Apparemment, elle s'est vidé le cœur, lui reprochant même de l'avoir mise au monde. Elle l'a menacée aussi de lui interdire de voir son petit-fils. C'est peu dire qu'elle prend fait et cause pour son père, victime à ses yeux de l'égocentrisme de sa mère. « Comment réagis-tu ? » ai-je demandé à Louise, ne sachant trop quoi lui conseiller. « Ça me révolte. Mes filles n'ont pas à me juger. Leur père est parfait. Tant mieux pour elles. Ça fait longtemps que j'ai pris, moi, la mesure de sa perfection. » Je n'ai pas cherché à en savoir plus. Avec Louise, depuis quelque temps, j'encaisse les uppercuts psychologiques.

Alors qu'elle me quittait, me laissant le sentiment qu'elle était indestructible, dure et sans culpabilité, Louise s'est littéralement effondrée dans mes bras. Quelques minutes plus tard, elle retrouvait sa combativité. Elle m'exténue, avec ses montagnes russes. Qu'est-ce qui m'attend avec Paul ? Au secours !

Comment avais-je pu oublier les délices de la séduction ? Ses dangers aussi. Rachid m'enroule autour de son petit doigt. « Vous avez un charme levantin avec un esprit nord-américain. Heureux mélange. » Les compliments de mes compatriotes ont une saveur autrement plus locale. Je me sens maintenant une communauté d'intérêts avec Hélène. J'aurais aimé détailler davantage les traits de Rachid mais pas question de mettre mes lunettes, prothèse qui accuse l'âge. Dans le flou, il me semble si beau, viril et délicat. Subtile combinaison. La presbytie ne m'a pas permis de constater l'usure du temps sur sa peau. J'évaluerais mieux notre différence d'âge qui joue en sa faveur, j'en ai la certitude. Quatre ou six ans peut-être. Comme il n'est pas question que je sorte ma carte d'assurance maladie avec lui, je décrète que nous avons le même âge. De toute façon, immigrer fait vieillir prématurément. J'ai lu ça récemment. Divorcer aussi, d'ailleurs. Dans l'échelle des stress entraînant le vieillissement, le divorce se classe immédiatement en dessous de l'émigration.

La soirée, je ne l'ai pas vue passer. J'ai même oublié les plats. Ai-je mangé la pieuvre grillée en provenance de Tunisie dont je raffole ? Aucun souvenir. Seules ses phrases me reviennent, caressantes. « Saviez-vous que vos yeux ont des éclats mordorés que je n'ai jamais rencontrés ? » J'ai détourné le regard. « J'adore cette façon que vous avez de sourire avec un reste de tristesse à la commissure des lèvres. » J'ai porté la main à ma bouche, comme pour vérifier. Quand j'affirme que j'ai fondu, ça n'est pas une figure de style. Les compliments ont alterné avec une conversation gaie, captivante, vivante. Cet homme est non seulement éduqué mais cultivé. J'ai toujours été attirée par les gens passionnés par leur métier. Rachid plonge dans les yeux des autres comme s'il atterrissait sur une planète à découvrir. Il m'a interrogée sur l'esthétique publicitaire, ce qui me change des Monsieur croque-mort. Bref, pour éviter de me pâmer, je dois faire appel, urgemment, à ma capacité de transformer en dérision, non pas son comportement mais le mien. J'ai du pain sur la planche.

A force d'être la dépositaire des confidences échevelées de mes amies, j'ai oublié de faire un constat de taille. N'ayant jamais trompé Georges, je suis quasi vierge sentimentalement et physiquement. Cela expliquerait ma nervosité lorsque Rachid m'a raccompagnée vers minuit. « Laisse-toi faire », me suis-je conseillé. Il est descendu de voiture, a monté les marches du perron en me tenant non plus le coude mais tout le bras et il m'a fait le baisemain. « A bientôt », a-t-il murmuré en me ramenant à lui pour me serrer doucement. Une fois dans la salle de bains, je me suis regardée dans la glace. Je souriais malgré moi. *Alea jacta est...*

Le bébé est né. Un garçon. Devant moi Maud cherche à contenir son excitation car elle devine mon malaise. Albert, lui, reste stoïque. « Je pourrais être son père », l'ai-je entendu dire à sa sœur. « Encore faudrait-il que tu couches avec une fille », elle lui a lancé. « Espèce de pute. » Les couteaux volent bas. A mon avis, c'est nouveau. Tentée de m'en mêler, je me suis retenue. Ils ont besoin de s'affronter pour mettre une distance entre eux. Je crains seulement que Maud perde cette précieuse influence qu'elle exerce sur son chien fou de frère et qui m'enlève une partie de l'inquiétude qui m'habite.

Je me tâte. Vais-je acheter un cadeau pour le bébé ? Autrement dit, vais-je récompenser Georges pour sa prouesse de jeune cinquantenaire ? La réponse s'impose : NON. Si, par une aberration de ma part et avec la complicité médicale, je me soumettais à l'ingénierie biologique et que j'accouchais d'un poupon, qui s'attendrirait sur ma maternité tardive sauf les manipulateurs génétiques et les amateurs de science-fiction ? Une vieille mère est déprimante, c'est ce que je crois, et un vieux père n'a rien d'attendrissant, c'est ce que je crois aussi. De plus, l'idée que la moitié du sang qui coule dans les veines de ce bébé coule dans les veines des miens ne m'enthousiasme guère. Pour m'achever, Maud est rentrée de l'hôpital et, incapable cette fois de cacher son plaisir, elle s'est écriée : « C'est hallucinant, maman, le bébé, c'est Albert tout craché ! » J'ai répondu : « Une chose est sûre, ça n'est pas moi la mère. » « Ah ! T'es lamentable », elle a lancé en grimpant l'escalier tout en continuant de maugréer.

Albert est arrivé sur ces entrefaites. « On va manger au restaurant tous les deux ? » Il m'a regardée, ravi. « Maud est là ? » « Oui, mais elle est occupée », ai-je glissé, l'air détaché. Je lui ai tendu les clés de la voiture et l'on est sorti aussitôt de la maison. « On peut aller manger indien ? » m'a-t-il demandé avec un sourire gêné. Il m'ouvre une porte, me suis-je dit. « Va pour l'indien. » Je lui faisais visiblement plaisir. Il m'a amenée dans un restaurant qu'il connaissait. Je suppose que cela fait partie de son apprentissage. Il a choisi le menu, délicieux, et a déployé tout son charme, auquel je ne résiste pas et il le sait, à m'instruire sur la culture indienne. Il m'impressionne. « Tu connais mes réserves à propos de ton projet ? » « Maman, avec toi c'est impossible de ne pas savoir ce que tu penses. » Et là, il a prononcé la phrase qui a justifié tous mes espoirs : « Maman, je ne suis pas encore parti. Il est possible que j'entre en architecture l'automne prochain. J'ai un an devant moi. » Je l'ai regardé, ce garçon fantasque, enjoué, buté parfois, ce fils aux yeux mordorés comme moi que j'ai cajolé, rudoyé, étouffé d'amour, qui m'exaspère et que j'idolâtre. Quiconque n'a pas d'enfant ne peut imaginer cet enivrement. « Au fait, j'ai sauté de nouveau en parachute la semaine dernière, ma cheville est guérie. » J'ai éclaté de rire et il a avancé la main pour la poser sur mon bras. « Calme-toi, maman. Tout le monde nous regarde. » Le bonheur que j'ai ressenti ! Imprévu comme toujours. Comme la vie.

Maud nous attendait. Par la fenêtre de sa chambre, elle nous avait vus partir. « Vous étiez où ? » « Les nerfs, l'inquisitrice », a répondu Albert. « J'ai mangé des pâtes comme une âme en peine. » Elle est touchante quand elle devient jalouse. Je retrouve la petite fille qu'elle a été avant de me prendre de haut. « T'as reçu un appel. Un dénommé Rachid. » Imperturbable, sois imperturbable, me suis-je dit. « Il y a un message ? » « Je n'ai pas demandé. » Gentille, ma fille. Pendant la nuit, j'ai rêvé que j'accouchais de triplés. Certains rêves ne demandent pas d'effort d'interprétation.

Henri est revenu à la charge à propos des prochaines vacances, celles de cet hiver, je le comprends. J'ai donc pris le calendrier et choisi les deux dernières semaines de février. « Tu vas où ? » m'a-t-il demandé. « En Alaska. » Il a paru surpris mais s'est bien gardé de me questionner. « Original. » C'est le seul commentaire qu'il a émis. Original en effet. Quelle idée m'est passée par la tête ?

A cinq heures, coup de fil de Rachid. « Vous n'êtes pas libre par hasard ce soir ? » J'ai bafouillé et, me fichant de la stratégie de la séduction telle que décrite dans un récent best-seller américain, j'ai répondu : « Je pourrais l'être. » Il a dit : « Que diriez-vous de la cuisine thaïe ? » « Vive le Chao Praya », me suis-je entendue répliquer. Une vraie tarte. Vivement à la maison pour me changer. Ce soir, le décolleté sera à l'honneur.

8

« Portez vos lunettes, je n'y vois aucun inconvénient. »
Je suppose que je plissais les yeux pour lire le menu.
Je me suis exécutée. Pour la première fois, je le voyais
clairement. Pas une ride sur son visage. Toute une
compétition pour moi. Je l'ai trouvé plus beau que la
fois précédente. Pour qu'il ne pense pas le contraire à
mon sujet, j'ai vite retiré mes lunettes. Le flou me rend
plus audacieuse. Rachid, vous me plaisez. Pourquoi
essayer de vous le cacher ? Je ne l'ai pas dit, bien sûr.
L'amour-propre n'est pas l'apanage des hommes. Et
la vie avec Georges m'a mise à l'abri des coups de
cœur en produisant une espèce d'engourdissement sentimental. Pas d'euphorie, pas trop d'intensité, pas de
douleur à vif, par contre. Quant aux trois aventures
depuis ma séparation, elles n'ont été ni transcendantes
ni concluantes. Rachid, lui, me trouble. J'en ai envie.
Le sent-il, bien que je fasse tout pour le cacher ? Bonne
idée ce décolleté. Je l'ai surpris, les yeux en plongée
à plusieurs reprises. Aucune arme ne doit être écartée
quand on a l'âge de ses artères et que les artères sont
nées le même jour que soi.

Pendant tout le repas, j'ai dû faire des efforts de
concentration alors que Rachid parlait. En fait, je cherchais à entendre ce qu'il ne disait pas. C'est qu'il parle

énormément. A tel point que je me demande ce qu'il préfère, parler ou me regarder l'écouter. A deux reprises, il s'est interrompu et a dit : « A quoi pensez-vous ? » Voulait-il le savoir ou était-il simplement agacé de ce qu'il croyait être une baisse d'attention à son endroit ? J'essayais de mettre en scène l'après-dîner. Allait-il m'inviter dans un bar, chez lui ou me ramener directement chez moi où, il l'ignorait, je ne l'inviterais pas à entrer à cause des jumeaux ? Pas question dans mon esprit d'un face-à-face entre mes enfants et des hommes à l'avenir aléatoire. Je veux éviter leurs remarques et l'évaluation desdits candidats. J'avoue aussi que mes intentions ne sont pas absolument pures. Ne « l'étaient pas » serait plus exact car, après la séparation, j'espérais que mon exemplarité convaincrait Maud et Albert des turpitudes de leur père à mon endroit. Ce besoin s'estompe, faute de résultats probants, je suppose. Toujours est-il que Rachid m'a raccompagnée à la maison. « Vous m'excuserez, je souhaiterais poursuivre notre tête-à-tête mais j'opère tôt demain matin. » Re-baisemain, re-enlacement mais cette fois, en supplément, un baiser ni chaste ni préliminaire dont l'effet diffus s'est poursuivi jusqu'à ce que je m'endorme. Tu te contentes de peu, ai-je pensé avant de fermer les yeux.

Paul est rentré. Louise, incapable d'attendre qu'il défasse ses valises, lui a balancé la nouvelle à la tête. Il a dit « Je le savais » puis s'est concentré sur ses bagages qu'il a ouverts. « Si tu veux bien, on en reparlera. Le décalage m'empêche de formuler correctement ce que j'ai à dire. » Du coup, Louise est affolée. A mon avis, il était temps. Sa fille aînée aurait craqué au téléphone au cours d'une conversation avec son père et l'aurait prévenu. Louise est formelle là-dessus. En attendant que Paul émerge de son sommeil, elle est retournée à sa clinique... Si les patients bêtement confiants, bouche ouverte, savaient ce qui l'agite, ils s'éjecteraient de la chaise, anesthésie ou pas. En ce qui me concerne, elle m'a ordonné de garder mon cellulaire ouvert pour recevoir son appel au secours.

Ça a sonné. J'ai bien sûr répondu. C'était Maud l'alarmée. « Le bébé fait une jaunisse. C'est grave ? » « Ton père ne t'a pas dit que tu en as fait une deux jours après ta naissance ? » « Dans son énervement, il a oublié, j'imagine. » Elle l'absout de tout. Il faut que je me tourne la langue sept fois dans la bouche et que je retienne tout soupir pour éviter qu'elle m'accuse de méchanceté à l'égard de son père et demi. Comment ce dernier a-t-il réussi à convaincre notre fille de sa fragilité alors que c'est Monsieur qui m'a larguée, a abandonné ses enfants, s'est soustrait à ses obligations financières vis-à-vis d'eux et a refait sa vie pendant que moi, jusqu'à ce jour, j'ai végété ? La justice immanente ? Une blague ! Et le bouquet, Maud tente de m'inclure dans les joies et inquiétudes de la vie du nourrisson dont les extatiques parents viennent de choisir le prénom, Hermance-Octavien. Voilà où mène la surconsommation de produits naturels. Pauvre enfant, je l'imagine déjà dans la cour de récréation. « Hermance-Octavien, lance le ballon ! »

Réquisitionnée par Louise, j'ai passé une nuit blanche à la soutenir d'abord et à calmer Paul ensuite. L'horreur ! Louise croyait naïvement qu'entre adultes consentants les solutions s'imposent de façon naturelle selon le principe du flux-reflux. Elle se retire. Paul se déploie, occupe l'espace, merci pour les meubles, bonne chance dans ton installation gratte-ciel, on se téléphone. Les photos ? Tu choisis d'abord, je prends le reste. Le compte conjoint ? Cinquante-cinquante. Le chat ? On le coupe en deux. Or Paul ne consent à RIEN, soutenu en cela par une dispendieuse avocate, féministe notoire sur laquelle se ruent tous les maris financièrement à l'aise mais bafoués, rejetés, répudiés ou le prétendant. Personnellement, qu'une féministe s'enrichisse, je n'y vois aucun inconvénient, que des hommes se retrouvent dans la position féminine traditionnelle de victime, voilà un juste retour du balancier, et que les juges tendent une oreille plus attentive à une avocate militante de la cause des femmes mais qui défend un homme, tant mieux pour ce dernier. C'est ce qu'a compris Paul à la suggestion d'ailleurs de Juliette, sa fille aînée, qui règle en même temps un vieux contentieux avec sa mère dont je ne soupçonnais pas – encore une fois hélas – l'existence. Si j'ai bien compris les explications plus ou moins cohérentes de Louise, compte tenu du choc dans lequel l'a plongée la réaction inattendue de Paul, ce dernier a retardé son retour afin d'atterrir à Montréal, juridiquement encadré. Comme dans les feuilletons télévisés, il ne parle plus que par la bouche de son avocate. Sauf à moi. A quatre heures du matin, il s'est présenté à la maison, les traits tirés mais avec une rage dans le regard dont je n'aurais, pour rien au monde, souhaité être la source. « Compte tenu de tes liens avec Louise, je n'ai aucune raison de te faire confiance. » Ça commence bien, je me suis dit tout en lui préparant le café serré qu'il m'avait commandé d'un ton sec en arrivant. « Jamais je ne lui pardonnerai ce qu'elle m'a fait subir. Je te demande de lui passer le message. Et je t'assure qu'elle n'a pas la moindre idée des conséquences de sa décision sur son équilibre mental dans le futur. » Puis il m'a transmis une lettre dans laquelle il lui interdit d'assister à ses funérailles, « que je meure demain ou dans trente ans ». J'aurais juré que Paul récitait des phrases apprises par cœur. Que cherchait-il en me rendant cette visite nocturne ? Certainement pas des conseils ou des assurances ou même des consolations. Il m'éclaboussait de sa colère, sans doute dans l'espoir qu'elle m'atteigne à mon tour et que, par ricochet, je la fasse déteindre sur Louise. Épuisée par les précédentes heures tumultueuses en compagnie de mon amie d'enfance dont je souhaitais à cet instant n'avoir jamais croisé l'existence, j'ai trouvé en moi un dernier sursaut de révolte pour apostropher Paul l'enragé. « Ça suffit, Paul. J'en ai plein mon casque (j'ai été à un cheveu de prononcer cul, je l'admets) de vous deux. Rien n'est plus banal que de divorcer. Bienvenue dans les statistiques des couples éclatés. Et pour rester dans les chiffres, tu as 78 pour cent de chances d'avoir une femme dans ta vie d'ici un an. Si tu étais une femme, ta moyenne baisserait à 42 pour cent. Alors félicite-toi. » Sur ce, je lui ai signifié son congé en le laissant en plan devant son café serré et j'ai grimpé l'escalier deux marches à la fois, pour éviter qu'il ne me rattrape. Une fois dans ma chambre, j'ai appuyé l'oreille contre le mur pour entendre le bruit du loquet de la porte d'entrée. A clic, je suis redescendue. J'ai verrouillé, suis retournée à la cuisine, ai ouvert le frigo et, à même le goulot, j'ai avalé une grande rasade de vodka.

L'aurore s'annonçait rose et je me suis promis que la prochaine aurore éveillée je la passerais dans les bras d'un homme, Rachid si possible.

Exténuée, je me suis traînée de rendez-vous en rendez-vous en compagnie d'Henri. Celui-ci prétend que la fatigue diminue ma combativité mais accentue ma douceur avec, comme résultat, d'attendrir les clients mâles. « Excellent pour les affaires, tes nuits sans sommeil », m'a-t-il déclaré en me déposant chez moi. Ce matin, l'idée même de chercher un stationnement me paraissait une montagne si bien que j'avais pris un taxi dans lequel j'ai eu droit à un cours sur les conflits entre le Pakistan et l'Inde. Inutile de fréquenter l'université pour accéder à l'éducation permanente de nos jours. On n'a qu'à vivre dans une ville cosmopolite.

Louise a réagi comme Montcalm sur les plaines d'Abraham, par la bouche de ses canons, en l'occurrence Rachel la redoutable, face à l'offensive avocassière de son futur ex-époux. Pas d'enfants dont se disputer la garde, restent les biens et l'argent. Bel affrontement en perspective. Et Louise qui imaginait une séparation clé en main à l'amiable ! J'ignore comment Paul et elle géraient leur patrimoine pour parler à la manière notariale mais, en additionnant la fureur de celui-ci et l'entêtement de cette dernière, le combat sera à la hauteur des honoraires des deux maîtres féminins. Si God, toujours à l'ouvrage auprès de Rachel, est encore dans sa vie lors du règlement, il peut s'attendre à un cadeau princier de la part de mon ashkénaze préférée. Comme quoi le malheur des uns fait le bonheur des autres. Louise vient de m'apprendre que Paul s'est réfugié chez Juliette bien qu'elle-même lui ait offert de quitter les lieux. « Je reviendrai quand tout ce qui me rappelle ta présence, ta poussière y compris, aura disparu », lui a-t-il lancé avant de s'engouffrer dans l'auto de sa fille qui l'attendait devant la maison et qui a foudroyé sa mère du regard avant de démarrer en trombe. Quant à Rose, la plus jeune, enfermée chez des amis, elle refuse tout contact avec sa mère, son père et sa sœur. Comme famille éclatée, c'est réussi.

J'ai quasiment failli me noyer dans mon bain où je m'étais assoupie avant le repas. A table, Maud et Albert étaient survoltés. Ils s'engueulaient, riaient bruyamment et échangeaient des propos dont le sens m'échappait. « Vous avez fumé », je leur ai dit sur un ton plutôt agressif. Ils se sont esclaffés en même temps et j'ai quitté la table plutôt que d'assister à ce spectacle navrant de la chair de ma chair en régression débile. J'admets que j'ai joué en partie ma fâcherie, non pas que le spectacle de mes enfants stone me réjouisse mais je suis sûre que jamais ils ne se comporteraient de la sorte devant leur père. Cette intimité qui m'est réservée, je la vis comme un privilège. De là ma tolérance.

Parlant de tolérance, Claire s'est faite discrète ces derniers temps. A peine remise des émois provoqués par l'envoi erroné du bouquet de John, elle s'est retrouvée sur le dos, victime, si j'ai bien compris l'explication médicale, d'une entorse lombaire provoquée par un faux mouvement. J'incline à penser qu'il s'agit davantage d'une contraction du cœur que des vertèbres. Résultat : quinze jours à l'horizontale, assommée par des anti-inflammatoires et le silence volontaire de John, occupé à requinquer sa neurasthénique épouse.

« Pourquoi ne pas m'avoir téléphoné ? » lui ai-je demandé. « Je déteste qu'on me plaigne. Et j'avoue que je faisais pitié. » Rare aveu de la part de Claire. Ça m'a émue. Et puis, je l'imaginais seule, ruminant ses pensées alors que John s'affairait, et qui sait s'attendrissait peut-être, devant la vulnérabilité de la légitime comparée à la force de l'illégitime.

Louise dort dans notre chambre d'invités. Elle est arrivée il y a une heure, défaite et agitée, alors que je m'apprêtais à me mettre, enfin, au lit. « J'étouffe seule dans la maison. J'ai allumé les lumières dans toutes les pièces et l'effet est pire encore. » Elle a avalé des calmants et je serais tentée d'en faire autant. Mais, aujourd'hui, c'est elle qui se sépare, pas moi. Repliée sur elle-même, Louise ne se rend pas compte qu'elle me ramène en arrière. Elle s'en fiche, à vrai dire. Son malheur est tentaculaire. Au fait, où sont donc ce soir ses nombreux amants qu'elle a caressés, écoutés et parfois peut-être aimés ? « Que reste-t-il de nos amours » le premier soir d'une séparation ? Ça y est, je recommence à me torturer au lieu de m'endormir. Je suis nulle.

J'ai quitté la maison avant que Louise ne soit debout. Avant de partir, pour me rassurer, j'ai pénétré dans sa chambre sur la pointe des pieds ; elle respirait normalement. Depuis longtemps, je me méfie des calmants. Maud, elle, était déjà levée. L'air piteux, elle m'a demandé de la conduire au collège. « Je passe un examen et ça me rend nerveuse », m'a-t-elle dit dans l'auto. « Ça ne se voyait pas, hier soir », j'ai rétorqué. On était à un feu rouge. Avant que j'aie pu la retenir, elle ouvrait la portière et courait vers le trottoir. J'ai démarré puis me suis immobilisée au milieu de l'intersection pour l'interpeller. Bang ! La voiture de derrière m'a emboutie. Sous le choc, le coussin gonflable s'est dégagé et, dans les instants qui ont suivi, j'ai entendu la voix paniquée de ma fille qui criait : « C'est ma mère, c'est ma mère, laissez-moi passer. » Si je n'avais été prisonnière de cette masse immobilisante, je lui aurais sauté au cou. Enfin des bons Samaritains m'ont dégagée et l'un d'entre eux a dit : « Vous souriez ? C'est la première fois que je vois un accidenté de bonne humeur. Ça va vous passer quand vos nerfs vont craquer. » « Merci beaucoup », lui ai-je dit en m'extirpant de la voiture. Maud me tendait les bras. Je suis tombée dans les pommes. J'ai ouvert les yeux dans l'ambulance, Maud à mes côtés hoquetant, en pleurs. « Pardon, pardon », répétait-elle. Je sentais que je n'étais pas blessée et ça explique sans doute le bonheur réel, rare, que j'ai éprouvé alors que la sirène alertait la ville et que la main de ma fille caressait mon visage.

9

Grâce à cet accident, j'ai pris le pouls de l'attachement que me portent mes amis et eu un avant-goût des courbatures dont m'affligera la vieillesse. Je connais dorénavant le comportement des gens face à une femme qui peine à marcher et j'ai l'assurance qu'on se bousculera à mes funérailles. Cela à cause de Maud qui, pour se rassurer et se déculpabiliser à la fois, a informé la ville entière du « terrible accident dont ma mère s'est sortie par miracle ». Georges lui-même s'est enquis de ma santé. « La vie ne tient qu'à un fil mais un fil d'acier trempé comme tu l'as expérimenté », m'a-t-il déclaré comme s'il s'adressait à des disciples d'une secte de crédules. « Tes recherches en biochimie, ça va ? » que je lui ai demandé sur un ton détaché. « Qu'est-ce que tu insinues ? » a-t-il rétorqué. « Rien, je me renseignais. Je t'ai connu si passionné dans ton travail », lui ai-je dit. « Tu es de mauvaise foi, Jeanne. Mon bien-être professionnel, moral et psychologique, tu t'en fiches. » Il a raison. « Merci de ton appel », ai-je dit. « C'était de bon cœur », a-t-il ajouté en raccrochant.

Lui parler m'épuise. Combien de siècles me seront-ils nécessaires pour que son nom, sa voix, sa vue cessent de déranger l'équilibre fragile sur lequel reposent mes émotions ?

Sa mère s'est invitée à dîner. « J'apporte le repas, je vous interdis de lever le petit doigt », elle a précisé. Être prise en charge, quel plaisir. Les jumeaux préten-dent que je suis une « control freak ». Ça m'agace. Si j'attendais leur aide pour assumer l'intendance de la maison, on mangerait de la pizza, des pâtes, on pellet-terait les ordures et l'accès à leurs chambres serait impossible à cause des montagnes de vêtements accu-mulés par terre. Je suis, je l'admets, une femme de décision. L'expression sonne bien à mes oreilles mais, malheureusement, devient péjorative quand les autres la prononcent à mon sujet. Pourtant, tout un chacun en profite. Prenons mes amies. Elles m'ont visitée les bras chargés de fleurs et de bouteilles de vin mais j'ai dû me traîner à la cuisine pour préparer les amuse-gueule, le café, les vases et les verres. « C'est incroyable que tu t'en sois sortie sans une égratignure », disaient-elles. « Les courbatures me font souffrir », que j'ajoutais. « Ça ne se voit pas sauf qu'on te sent un peu raide. » Elles repartaient, me laissant en plan avec la vaisselle à ramasser et les cendriers à vider. Merci pour la visite et vivement mon lit.

Ma belle-mère appartient à une autre génération. Pratique lorsqu'on est malade de connaître des femmes traditionnelles qui ont gardé le réflexe de servir leur prochain. Les jumeaux, qui adorent leur grand-mère, je le précise, l'ont accueillie avec un enthousiasme à la mesure de la bouffe qu'elle a apportée. Un bœuf carottes pour Maud, un gâteau trois étages aux cerises dans son sirop de marasquin pour Albert et un pâté au poulet pour moi. « J'ai cuisiné toute la journée et ça m'a rappelé le bon temps. » A ce rappel du bon temps, je me suis jetée dans ses bras et j'ai fondu en larmes. « Pleurez, pleurez, ma petite Jeanne. Et vous, les enfants, j'espère que vous êtes conscients du privilège d'avoir une mère aussi exceptionnelle. » « Oui, oui », a bafouillé Albert. « L'accident c'est de ma faute. Je ne m'en remettrai pas », a bégayé Maud à travers ses pleurs. « Bon, a décrété leur grand-mère, tout le monde se ressaisit et à table. » Ce dîner-là, je le classerais dans l'anthologie des moments heureux de la structure familiale semi-éclatée.

J'ai reçu un bouquet hors gabarit de Rachid avec un mot que je conserve dans la poche gauche de ma robe de chambre depuis trois jours. « Très chère Jeanne. Puis-je vous être de quelque secours ? Je pense à vous avec ou sans accident. A bientôt, à très tôt. Rachid. » J'ai rappelé chez lui et suis tombée sur une femme. J'espère qu'elle ne s'occupe que du ménage.

Confirmation. C'était bien la femme de ménage. Il l'a précisé au tout début de la conversation comme s'il avait voulu dissiper tout doute chez moi. Perspicace ce Rachid. Il souhaitait – je l'ai deviné, étant perspicace aussi – me rendre visite. Je ne l'ai pas invité. Je considère ma raideur musculaire comme un éteignoir de concupiscence. Imaginons qu'il me prenne dans ses bras avec trop de fermeté. Qu'aurais-je l'air, grimaçant de douleur ? Pour le moment, je me console avec le très tôt. Dès que ma carrosserie s'assouplira, je lui ferai signe. Sans croire aux petits bonshommes verts, et à la configuration des planètes en fonction de mon ascendant astrologique, il m'apparaît que Rachid pourrait répondre à mes attentes, non pas astrales mais sexuelles. A cause de cet accident, j'ai failli mourir avant d'avoir connu l'extase dont il est question dans les best-sellers américains traitant de la sexualité quinquagénaire. Cette extase-là, elle m'est due. Lorsque je vois la flamme dans les yeux de Rachel depuis que God la fait monter au ciel des juifs et des chrétiens, je m'apitoie sur mon sort de chaste involontaire.

Albert a eu vent par Henri, venu lui aussi faire œuvre de miséricorde temporelle en me visitant, de mon projet de vacances en Alaska. Ma boutade est devenue réalité puisque Albert, tout excité, désire m'accompagner. Un voyage en tête à tête avec mon fils de dix-huit ans, je me pince pour m'assurer que je ne rêve pas. « T'es une mère vraiment originale », m'a-t-il déclaré. Je riais sous cape en me demandant quelle mouche bénie m'avait piquée quand j'ai lancé Alaska pour me débarrasser de l'interrogatoire d'Henri à propos des vacances. Albert me parle de randonnées dans les montagnes, de glaciers éternels, de rencontres d'ours blancs. J'espère que, contrairement aux grizzlis des Rocheuses, ils ne dévorent pas les femmes menstruées ou les ménopausées sous hormonothérapie. Par amour maternel, je suis prête à affronter les éléments les plus hostiles et à sacrifier le sable chaud des Caraïbes pourtant plus doux pour ma peau de nordique qui recherche du soleil en plein hiver.

Prévisible, Maud a réagi violemment en apprenant notre future odyssée. Mais je la connais. Bien qu'elle ronge son frein, jamais elle ne perdra la face en demandant de nous accompagner. « Je ne trouve pas ça très sain, une mère qui voyage en couple avec son fils de presque dix-neuf ans. » « Dix-huit », ai-je corrigé.

« De toute façon, t'étonne pas qu'il ne s'attache à aucune fille. Il est obnubilé par toi. » Ce qu'elle est mauvaise parfois. Elle veut me blesser mais elle m'attriste plutôt avec cette incapacité à contenir sa jalousie. Curieusement, ce trait de caractère que j'ai observé chez elle depuis son plus jeune âge s'accentue. Ça explique aussi le jeu de l'indifférence. De plus, je constate qu'elle en a fini avec la culpabilité d'avoir été à l'origine de mon accident. Durant quelques jours, j'en ai bien profité au point où j'ai été tentée de remercier le ciel d'avoir été emboutie. Je prends acte que Maud a retrouvé ses esprits et ses démons. Ayant lu dans le *Reader's Digest*, dans la salle d'attente du cabinet de Louise, que l'affrontement mère-fille permet à cette dernière de liquider plus harmonieusement son complexe d'Œdipe, je me résigne. Et je me garde bien de lui faciliter la tâche, par exemple en la suppliant de se joindre à nous sur les glaciers. Cette confrontation doit épanouir la mère aussi. « Est-ce qu'on pourra faire une excursion de quelques jours en traîneau à chiens ? J'ai vu dans un guide que c'était possible », m'a demandé Albert ce soir à table. « Tout ce que tu veux, mon amour », lui ai-je répondu. Maud a failli s'étouffer avec sa bouchée de saumon. « Bois de l'eau », lui ai-je conseillé.

Louise emménage dans son nouvel appartement. Elle aurait souhaité que je sois présente à ses côtés durant cette journée éprouvante car Paul, loin de lâcher prise, a décidé de se transformer en gardien de ses biens, donc d'assister à son déménagement. Déménagement est un terme mal choisi puisqu'elle n'emporte que ses vêtements et quelques tableaux dont il n'a pu contester la possession. J'ai prétexté les séquelles musculaires pour échapper à ce qui m'apparaît, pour paraphraser Élisabeth II, notre reine du Canada et de Grande-Bretagne, une journée *horribilis*. Je vois d'ici la mise en scène. Louise entrant et sortant de la maison sous le regard hargneux de Paul, enfoncé dans son fauteuil. Il me semble qu'être aimé jusqu'à la fin de sa vie n'est pas un droit fondamental codifié dans la Charte des droits de la personne et que, dès lors, il faut se résigner. Je m'applique personnellement à mettre en pratique ce principe avec des hauts et des bas, j'en conviens. Prêcher par l'exemple se révèle aussi redoutable parfois que de tenter de faire mordre un saumon quand l'eau de la rivière est trop basse. Tiens, j'espère que Rachid aime la pêche. Je l'imagine à mes côtés, dans l'eau jusqu'à la taille, me regardant moucher (mon lancer éblouit les hommes) – puis ferrer le poisson avec une adresse dont je doute qu'elle plaise à tous les mâles. Allez comprendre pourquoi ces derniers ont tendance à s'identifier à la prise.

Paul a tenté de me contacter après le savon que je lui ai servi mais, moins tarte qu'avant, j'ai compris l'usage auquel il me destinait. Il me transformait en appât pour attirer Louise dans ses rets. J'ai résisté et, pour tout dire, je n'apprécierais pas que Louise m'oblige à me commettre pour elle. Elle s'en garde bien. Intelligente, mon amie. Digne aussi dans les circonstances. Elle reste muette face à l'hostilité de Juliette et discrète à propos de l'effacement de Rose. Par contre, elle enrage mais refuse de se battre pour récupérer les photos de famille que Paul a subtilisées. « Puisque tu brises ta famille, je ne vois pas pourquoi tu en garderais des souvenirs photographiques », a-t-il décrété.

La masseuse me joue probablement la comédie en affirmant que mon corps annonce quinze ans de moins que mon âge déclaré mais je m'en fous et je suis sortie de son cabinet, euphorique. Je lui ai donc payé gaiement deux cents dollars un forfait massage, drainage lymphatique, traitement « juvénisant ». C'est le quinze ans qui m'a allumée. Cinq ans, c'est poli, huit ans, maniéré, douze ans, trop précis mais quinze, je trouve que ça fait vrai. Quand je m'observe dans le miroir, de plus en plus rarement et deux fois sur trois sans lunettes, j'évite de me détailler, je contracte les abdominaux et me cabre pour allonger la silhouette. Le coup d'œil rapide n'est pas alarmant. Je me mire toujours dans ma chambre cependant, où le miroir de pied en cap est concave. L'expérience des cabines d'essayage dans les grands magasins représente un traumatisme trop violent. Les petites boutiques, elles, ont compris que l'incurvation des miroirs influençait le volume des ventes. Les grands magasins se fichent qu'on sorte de leur établissement convaincu de peser dix kilos de plus, d'avoir les cuisses « cellulitées » et les seins collés à l'abdomen. Je choisis donc les miroirs avec précaution dans les lieux publics et, règle générale, je ne baisse pas la vue au-delà du cou.

Pour revenir à la masseuse, elle apprécie particulièrement le grain de ma peau, « saine, ferme, tendue », ma souplesse et mon allure élancée. Je bois ses paroles mais soupçonne qu'elle a besoin d'un examen de la vue car les maudites hormones m'ont fait le même effet que si j'avais mangé des banana splits chaque jour depuis deux ans. J'ai désormais des coussinets sur les hanches, un renflement du ventre et des seins à réconforter un homme déprimé. En résumé, je suis passée de la taille dix à douze et, les soirs de bombance, il arrive que le bouton de mon pantalon saute. Mon appétit est inversement proportionnel à mes activités sexuelles. A table, je surveille les plats de service à moitié pleins et, mine de rien, je les rapproche de mon assiette, puis je les vide. C'est en compagnie de Rachid au restaurant que j'ai retrouvé la sensation merveilleuse du serrement stomacal qui empêche toute nourriture de passer. Malheureusement, nos fréquentations sont encore trop rares pour avoir un effet à la baisse sur mon poids.

Louise pend la crémaillère. Je le lui ai déconseillé. A mon avis, elle devrait attendre d'être remise des secousses de la séparation. Or, elle prétend justement qu'organiser une fête va accélérer le « processus », comme elle dit. De nos jours, les gens utilisent un vocabulaire technique pour décrire leurs états d'âme, question de se rassurer et de ne pas couler à pic, je suppose. Ils préfèrent admettre une « dysfonction provisoire » que d'avouer leur tristesse. Je sais de quoi je parle ! « Pourquoi dépenser tant d'argent ? Offre-toi un voyage », lui ai-je suggéré. « Seule ? T'es folle ? » « Mais tous ces hommes qui sont passés dans ta vie au cours des dernières années, tu devrais pouvoir en trouver quelques-uns qui feraient l'affaire ? » « La plupart sont mariés, les autres, évaporés. De plus, coucher avec un homme ne le rend pas adéquat pour voyager. » Que répondre ? Les affirmations définitives de mon amie représentent une fin de non-recevoir. « Tu as raison », ai-je conclu. Son sourire reconnaissant me prouve à quel point sa fuite en avant lui est vitale.

« Vous aimez Schubert ? » a demandé Rachid. « Comment le saviez-vous ? » ai-je répliqué hypocritement car je préfère Bach et Monteverdi. « Je vous devinerais donc ? » a-t-il ajouté, charmé. Je n'ai rien répondu, la stratégie amoureuse étant soumise à des règles strictes. En fait, je me débats contre une terrible envie de m'emballer pour cet homme. Je suis mûre pour un abandon dont j'appréhende, hélas, les conséquences. « Souper après le concert, c'est un peu tard mais vous n'y voyez pas d'inconvénients ? » « Que des avantages », ai-je répliqué, sotte que je suis. « Ah ? » l'ai-je entendu murmurer dans le combiné. Vas-y, ma fille, rame, joue à la femme débordée, me suis-je dit. « Vous comprenez, je reviens de Toronto en fin de journée (faux) et je dois faire acte de présence à un conseil d'administration par la suite (faux, *bis*). » Une invitation à manger tard le vendredi soir n'est pas innocente, il me semble. Le samedi matin, dans les films sentimentalo-cucul, on reste au lit. Espérons seulement que le doc ne soit pas de garde. Je n'aimerais pas me retrouver en compétition avec un décollement de rétine. Je m'empresse donc d'annuler tous mes rendez-vous de vendredi p.m. et de supplier l'esthéticienne de me glisser entre deux clientes. Épilation, pédicure, manucure et re-coiffure même si j'y suis allée hier. Pour Schubert et Rachid, la totale.

J'ai prévenu les enfants que je risquais de ne pas rentrer cette nuit. « On ne serait pas inquiets si tu ne rentrais pas », a dit Maud, toujours gentille. « Parle pour toi », a répliqué son frère. Celui-là, je l'adore. « Je serai à Québec durant la journée », j'ai ajouté par un besoin irrépressible de me justifier. « On ne te demande pas de comptes, maman, a continué Maud dans le même esprit. Tu aurais un amant que je trouverais ça normal. » « Si je te comprends bien, tu me trouves anormale en ce moment ? » Tais-toi, voilà ce que je me disais en m'entendant lui répondre. « Pas seulement parce que t'as pas d'amant. Mais te l'expliquer serait trop long et, de toute façon, tout ça me laisse indifférente. Je suis libérée de toi maintenant et c'est la meilleure chose qui pouvait m'arriver. » « Tu charries, Maud, lui a dit son frère. Tu la connais, maman, ta "Miss Acier inoxydable", celle qui croit posséder la vérité et qui est complètement tordue. Te laisse pas impressionner par elle. » « L'idée que ta mère ait un amant, ça te fait freaker, admets-le donc », a lancé l'épuisante Maud. Je l'aime autant qu'Albert mais depuis un an ou deux, pour être parfaitement honnête, j'avoue que certains jours, où je la sens mal dans sa peau et agressive avec moi, je ne fais rien pour la consoler. Et le pire, c'est que je lui tiens rancune de me faire éprouver des sentiments aussi minables. Maud, mon miroir déformant.

10

J'ai regardé l'heure cent fois depuis ce matin avec l'impression d'un ralentissement général dans la ville. Je crains que pendant le concert, interminable, compte tenu de mon état d'esprit, l'impatience me trahisse. Je me fais du cinéma, pour sûr, mais je n'invente pas la fébrilité à la limite du supportable qui s'est emparée de moi depuis deux jours. Je me prépare à cette soirée, cette fin de soirée pour être précise, comme si ma vie en dépendait. Et je me mets en scène en oubliant que Rachid, lui, ignore mon scénario. « Tu projettes », dirait Claire. « You just need to fuck », décréterait Rachel qui s'acharne à réduire le cœur à une affaire de sexe. En prévision des déchirures qu'elle connaît trop bien, je suppose. Malgré son attirance pour moi, qu'il ne cache pas, Rachid m'échappe totalement. Qu'en sera-t-il lorsque je serai au lit avec lui ? Et comment y arriver ? On ne se dévêt pas à cinquante ans comme à trente. Il me semble que, s'il était gynécologue, mes appréhensions seraient réduites. Question de routine quotidienne. A nos âges, prétend Rachel, on ne s'étend plus sur un homme à cause du menton qui se dédouble et du cou qui pendouille. J'ajouterais qu'on doit aussi éviter de dénuder l'entièreté du corps. Par morceaux, on met les chances de son côté. Un bout de sein, un soupçon de ventre, un devant de cuisse, cela suffit quand la lumière n'est pas tamisée. Ça évite, de plus, une vue d'ensemble des dégâts, des taches brunâtres, rougeâtres ou caramel, ces fleurs de cimetière qui révèlent notre demi-siècle.

Dans une heure, je rejoins Rachid et, pour mon malheur, je suis déjà prête. Soixante minutes d'enfer. Je ne vais quand même pas me replonger dans le bain pour passer le temps. Seule autre solution : me démaquiller et me remaquiller. Si Georges ne m'avait pas quittée, je serais tranquille à préparer une soirée plateau télé. Merci, Georges...

Claire m'a sauvée grâce à son coup de fil. J'ai gagné quinze minutes pendant lesquelles elle s'est plainte – c'est nouveau – de la désaffection de John dont l'épouse a rechuté. Bon signe, sa tolérance s'effiloche. Tu mérites tellement mieux, ai-je eu envie de dire, mais ce serait prématuré et indélicat. « Et toi ? » s'est-elle enquise. J'ai failli la mettre au courant de la soirée qui s'annonçait mais j'ai résisté. « On va au cinéma demain soir ? » a-t-elle demandé. « Bonne idée », ai-je répondu après une hésitation. Mon rêve fou ? Que Rachid me garde chez lui, enfermée tout le week-end comme dans les films d'amour hollywoodiens où la fin est choisie par un panel de spectateurs-trices nageant dans la guimauve.

Au premier regard, j'ai su qu'il partageait mes arrière-pensées. « Vous êtes ravissante », a-t-il dit en m'accueillant, ses bras glissant le long de mes bras. J'ai frissonné. Pendant le concert, interminable tel que prévu, je n'ai cessé de l'observer à la dérobée. Lui faisait de même si bien que ce jeu d'yeux a supplanté le grand Schubert. Je n'ai rien écouté du dernier mouvement, concentrée que j'étais sur les effleurements des doigts de Rachid sur ma main et mon avant-bras. Cette douceur trouble m'arrachait des larmes. Comme rien de ce qui est oculaire ne lui échappe, il m'a soufflé à l'oreille : « J'aime que Schubert vous émeuve. » J'ai baissé la tête, comme prise en flagrant délit. Il a alors serré mon poignet avec une fougue à stopper le pouls. Pendant les applaudissements, la trouille s'est emparée de moi et je me suis mise à trembler. Intérieurement, il va sans dire car, rassemblant le peu d'esprit qu'il me restait, j'ai remonté l'allée avec l'assurance qui me caractérise. Tu es un vrai chien de Pavlov me suis-je dit.

Dans l'auto, à un feu rouge, en route pour le restaurant, il m'a attirée vers lui et m'a embrassée sous l'oreille. Le klaxon de la voiture qui nous suivait a mis fin à son baiser. En fait, le feu était vert depuis quelques secondes mais je n'allais pas l'en avertir, trop bouleversée pour freiner des ardeurs de si bon augure.

Au restaurant, il s'est emparé du menu. « Je suis affamé », a-t-il déclaré. « Moi aussi », ai-je ajouté sans préciser que je pensais à sa séduisante personne plutôt qu'à l'agneau qu'il m'invitait à partager. Comment réussir à avaler la moindre bouchée de nourriture ? Cela m'obsédait. Pourquoi les hommes conservent-ils leur appétit dans pareilles circonstances ? Voilà une différence fondamentale entre les sexes. Je suppose que les machos considèrent que cet apport calorique leur est essentiel avant une telle dépense d'énergie alors qu'à leurs yeux, les femmes, réceptacles et réceptrices, ne se fatiguent guère à l'exercice. Quelle bêtise ! Depuis le moment où j'ai quitté la maison, j'ai dû perdre un kilo et demi en énergie nerveuse. Et si Rachid se révèle à la hauteur de mes aspirations secrètes et étonnamment violentes, un autre cinq cents grammes sur le ventre va peut-être fondre. Du moins, je l'espère.

Pendant le repas, la conversation s'est montrée plus décousue que lors des rencontres précédentes. Rachid m'observait davantage, souriant sans raison et, moi, je n'osais soutenir son regard trop longtemps. « Vous ne mangez pas. Je vous coupe l'appétit. Ce n'est pas très flatteur pour moi. » « Au contraire », ai-je répliqué, me livrant ainsi comme une agnelle sacrificielle. Avant que j'aie eu le temps de me ressaisir et de regretter ma stupidité, il m'emprisonnait les mains et les couvrait de ses lèvres humides et chaudes. Lorsque le garçon, l'air entendu, est venu nous offrir un dessert, Rachid m'a regardée, sans sourire cette fois et sans quitter mes yeux. « Non merci, nous sommes attendus », a-t-il répondu. Il a réglé l'addition en liquide, « Ça va plus vite », a-t-il dit et nous sommes ressortis sans prononcer un mot.

En démarrant la voiture, j'ai entendu « On va chez vous ou chez moi ? » Sa voix était légèrement altérée. Plus sourde, ai-je noté, plus enveloppée également. J'ai murmuré : « Chez vous car vous comprenez... » Je me suis arrêtée avant de briser ce moment précieux car, pour me justifier à mon habitude, j'allais lui expliquer que la présence des jumeaux à la maison m'embêtait. Heureusement, il n'a pas insisté. A vrai dire, il installait entre nous un silence lourd comme le désir. Nous roulions vers le centre-ville et, lorsqu'il a garé l'auto devant un gratte-ciel, j'ai retenu un ah ! de surprise. Il habite le même immeuble que la mère de Georges et que Louise.

Dans l'ascenseur, il a poussé le bouton du trente-deuxième étage, m'a enlacée et j'ai perdu pied.

« Connais-toi toi-même. » Avant cette nuit, j'adhérais à cette maxime. Je sais désormais que Rachid a fait surgir de moi une inconnue dont je ne soupçonnais pas l'existence. Tard le lendemain matin, seule devant le miroir de sa salle de bains, je ne reconnais pas la femme reflétée dans la glace. J'ai eu peur. Toute une gamme de sentiments se sont bousculés. Le regret de tant d'années perdues, la colère aussi contre Georges pour m'avoir engourdie, un soupçon de honte vite écarté et de la joie, pure, palpable qui m'a donné envie, c'est fou mais c'est ainsi, de remercier quelqu'un. Et c'est l'image du vrai bon Dieu, à barbe, flottant sur son nuage, qui s'est imposée à moi. « Merci, mon Dieu », ai-je chuchoté avant de retourner au lit où j'avais cru deviner un léger bruit.

Il somnolait. Je me suis glissée le long de son corps et j'ai senti qu'il était éveillé. D'où me vient ce désir. « Ne bouge pas », a-t-il murmuré. J'ai obéi à la limite de mes forces. Après, j'ai failli dire : « Tu me tues, tu me fais du bien », mais il a dû voir *Hiroshima mon amour* et aurait reconnu la réplique mémorable dont je saisissais enfin le sens. « Merci ! » c'est tout ce que j'ai trouvé à dire. Il n'a pas répondu, n'a pas demandé pourquoi. Il m'a ramenée à lui et il a grogné. Qui des deux va se lever le premier ? me suis-je demandé. « Tu peux rester encore. » Ça n'était pas une question, plutôt un souhait formulé avec une pointe d'inquiétude qui m'a rassurée. Nous nous sommes rendormis et, en me réveillant, j'ai pensé aux jumeaux. Je dois partir. Que vont-ils penser ? La culpabilité, encore et toujours.

Avec précaution, je me suis soutirée du lit mais Rachid s'est réveillé. « Appelle-moi en arrivant chez toi. » Je suis sortie dans la rue, il pleuvait à boire debout. J'ai hélé un taxi et j'ai dû subir pour la millième fois un exposé sur les errements des météorologues dans leurs prévisions. En quittant la voiture, j'ai lancé au conducteur : « Au fait, je suis météorologue », et j'ai claqué la portière avec la satisfaction de celui qui vient de faire une jambette à un casse-pieds.

En glissant la clé dans la serrure, j'ai entendu un cri à deux voix : « Enfin ! » Les jumeaux, postés de chaque côté de l'escalier, tels des cerbères, m'attendaient de pied ferme. Évidemment, c'est Maud, la pseudo-indifférente, qui a ouvert le bal. « On était sur le point d'appeler le 911. T'as pas le droit de nous faire subir un stress pareil. » J'ai retenu un fou rire et adopté le ton le plus neutre dans ces circonstances. « Je vous avais prévenus de la possibilité que je ne rentre pas cette nuit. » « Justement, a dit Albert, la possibilité, ça veut dire que t'appelles si tu découches. » « T'es irresponsable, a renchéri Maud. Imagines-tu ce qui nous est passé par la tête. On te croyait morte ou violée, ou trop malade pour nous faire signe. » « Maud, tu vas retirer le mot irresponsable ou je te gifle. » « Tu ne m'as jamais giflée et je continue de penser que c'est irresponsable de la part d'une mère de disparaître une nuit sans prévenir. Albert est trop innocent mais moi je suis pas naïve. J'imagine très bien à quoi t'as occupé ta nuit. » Vlan ! Je lui ai étampé la main sur sa joue. Et je ne saurais dire laquelle de nous deux a été la plus stupéfaite. Le temps de se ressaisir, elle s'est mise à crier, à hurler et gémir. « T'as pas le droit. T'as pas le droit », elle répétait à travers ses sanglots. Au point où j'en ai conclu qu'elle venait de trouver sa profession future : avocate. Quant à Albert, il me regardait comme s'il découvrait une autre mère. « Et toi, tu veux ajouter quelque chose à ce que ta sœur vient de dire ? » J'étais prête à l'affronter lui aussi. « Non, non, maman. Mais c'est vrai qu'on était très inquiets. » « Tu comprends maintenant ma propre inquiétude quand vous ne me prévenez pas et que vous rentrez au petit matin ? » « Oui. Mais admets que tu aurais dû au moins nous laisser un message. » « Je l'admets. » Je l'ai entouré de mes bras, la tête à la hauteur de son cou. Il n'a pas tenté de se dégager et j'ai senti ses deux bras enlacer gauchement ma taille. Forte de cette marque d'affection, j'ai pris mon courage à deux mains et suis montée rejoindre Maud dans sa chambre. Ma fille distante, toujours en pleurs, s'est laissé caresser. « Tu es dure avec moi », lui ai-je glissé à l'oreille. « Et tu t'imagines que c'est pas difficile pour moi d'accepter que tu préfères Albert. » C'est reparti, ai-je pensé tout en continuant de la cajoler.

Après un bain où j'ai vainement cherché sur mon corps des traces du plaisir de la nuit, j'ai rappelé Rachid. « Enfin ! » a-t-il dit en entendant ma voix. « Est-ce présomptueux de croire qu'il te ferait plaisir que nous dînions chez moi ? A moins, bien sûr, que tu aies déjà un engagement. » J'imaginais mes amies me conseillant de refuser selon le principe de l'homme prédateur à tenir à distance. « Ni présomptueux ni irréaliste », ai-je répondu. En raccrochant, j'ai littéralement sauté de joie. Quel sens avait donc ma vie avant cette nuit ? Ce soir, je laisserai une note aux jumeaux. Je préfère leur écrire que de les informer de vive voix.

Mais quoi écrire ? « Maman ne rentre pas » me semble un aveu déplacé. « Suis à la campagne chez des amis jusqu'à demain » suffit. Aucun enfant n'aime imaginer sa mère dans les bras d'un homme, fût-ce le père. C'est mon côté vieux jeu mais, depuis la nuit dernière, j'ai ajouté une corde à mon arc. Et quelle corde. Et quel arc.

Pendant la nuit que j'ai traversée blanche alors que Rachid, lui, dormait paisiblement, la peur est revenue. Comment vais-je me passer de lui alors qu'il me manque déjà, enfermé dans son sommeil ? Et comment me blinder contre cette dépendance qui me serre le cœur ? Et les enfants ? La famille reconstituée, j'y crois autant qu'aux guérisons miraculeuses de l'oratoire Saint-Joseph. Je connais si peu de choses de Rachid à part l'essentiel et j'ai appris au fil des ans que c'est l'accessoire qui définit la vie au quotidien. Il s'est fait discret sur sa femme et je suis restée muette sur Georges. J'ai seulement avoué mon âge pour m'assurer qu'en le découvrant plus tard, il ne se sente pas trompé. Lui a six mois de moins. Ça m'a fait un velours de l'apprendre. Arrête d'imaginer l'avenir, me suis-je répété à quatre heures du matin. T'es une gourde qui donne dans le stéréotype féminin même si tu vis dans l'illusion de l'autonomie. Me flageller m'aide à retrouver un peu de lucidité. Laquelle va s'envoler dès que je sentirai un durcissement dans le creux de mes reins suivi d'un léger souffle entre mes deux omoplates ? Y penser suffit à faire monter mon désir, un désir quasi brutal. D'ailleurs, en suis-je à l'origine ou serait-ce plutôt les conséquences d'un dosage trop élevé d'hormones ? « Écoute ton corps » : le slogan des psy, surtout les pseudo. La belle affaire. Depuis vingt-quatre heures que je m'y applique, je ne m'appartiens plus.

Un arrachement. C'est le mot le plus précis pour définir ce que j'ai éprouvé en quittant Rachid dimanche en fin d'après-midi. « Allons au cinéma », a-t-il dit, me rappelant du coup que j'avais oublié Claire. « Mes enfants m'attendent. » Il a esquissé une moue mais s'est retenu. Ça ne m'a pas échappé. Il faut que je lui trouve des failles sans quoi je cours à ma perte. A preuve, une fois seule dans mon lit *queen* où je règne sur rien du tout, je lui ai téléphoné. « Impossible de m'endormir avant de te dire bonsoir. » « Et moi, impossible de dormir sans ton corps enroulé autour du mien. » L'amour par téléphone, j'en avais une vague idée. Avec Rachid, tout se précise.

A laquelle de mes amies vais-je me confier, incapable de garder pour moi seule cette agitation ? A quoi servent les amies sinon à tester nos propres émotions ? Le choix pose problème cependant. Louise recherche davantage les confidences de femmes séparées, normal, ça la rassure. Rachel va me refaire son numéro de désacralisation des sentiments au profit du cul. Quant à Claire, en train de se détacher de son amant à temps partiel, je serais malvenue de lui avouer un bonheur pour l'instant trop éphémère pour le nommer. Ne reste que Pauline, remariée, heureuse, qui vit dans un cocon et ne fait plus signe à ses copines depuis quelques mois. Bonne excuse pour renouer avec elle. L'expérience d'un deuxième mariage, tiens, ça m'intéresse. Je délire, ma foi du bon Dieu.

11

« Finally, you've got yourself a lover. » Rachel et sa façon triviale de mettre en mots l'émotion. Déformation professionnelle, j'imagine, le divorce ne faisant pas dans la dentelle, mais je soupçonne aussi que coule dans ses veines du sang d'Indien réducteur de tête, donc de cœur. Lwanga, grand ami de son associée Hélène, nous a aperçus Rachid et moi au restaurant mais s'est gardé de venir nous saluer car, paraît-il, nos « épanchements n'auraient souffert aucune intrusion ». Hélène, mise au courant, a rapporté ses propos à Rachel, laquelle, survoltée, en a saisi le sens général sans comprendre le vocabulaire fleuri de l'Africain. « What is *épanchement* ? » m'a-t-elle demandé comme s'il s'agissait d'une position de Kama-sutra qu'elle ignorait. « Slow down », lui ai-je conseillé car dans sa joie, réelle, de m'imaginer accouplée, je la sentais prête à organiser un dîner de fiançailles. J'ai l'impression que Rachel, à force de vivre dans les ruptures des autres auxquelles s'ajoutent les siennes, cherche désespérément à fixer les premiers émois amoureux pour freiner leur évolution, fatale à ses yeux, et disons-le, aux yeux de cinquante pour cent des couples – statistique officielle du divorce dans ce pays. Je crains qu'en parlant de Rachid à mes amies, involontairement, elles ne m'en dépossèdent. Les hommes sont au cœur de nos conversations, c'est vrai. Quand ils nous font souffrir, cette connivence nous réconforte. Quand ils nous rendent heureuses, les amies veillent à nous mettre en garde. « Sois lucide. » « Ne te laisse pas avoir. » « Prépare-toi une porte de sortie. » De quoi parasiter la relation la plus harmonieuse. Je comprends mon amie Pauline, que j'ai perdue de vue depuis des mois, de s'être isolée avec René. Isolée n'est peut-être pas le mot qui convient dans les circonstances puisqu'elle se retrouve belle-mère de deux adolescents en garde partagée dont elle hérite deux semaines par mois. Ses fils à elle, la vingtaine avancée, sont émancipés, ce qui signifie, de nos jours, qu'ils vivent en appartement payé par papamaman. René la comble et j'imagine que, pour ne pas en douter, elle évite d'entendre les femmes autour d'elle discourir sur sa générosité et sa grandeur d'âme à accepter de vivre avec une belle-fille de quinze ans tatouée aux épaules, percée à l'arcade sourcilière, et un beau-fils de dix-sept ans qui transforme la maison en auberge de jeunesse la moitié de l'année. En bonne travailleuse sociale, Pauline poursuit à la maison son activité professionnelle comme d'autres apportent leurs dossiers. Je ne l'envie pas. On a beau apprécier la jeunesse, les nôtres nous suffisent.

J'ai retrouvé Pauline métamorphosée. Non seulement le bonheur lui sied mais le chirurgien qui lui a refait les yeux mérite un oscar. J'ai toujours cru qu'une de ses aïeules avait enfanté de Michel Simon ou Peter Lorre, transmettant en héritage aux descendants des cernes sous les yeux que l'âge gonfle en poches qu'aucun cosmétologue au monde ne peut améliorer.

« Tu as rajeuni de quinze ans », lui ai-je dit pour paraphraser mon esthéticienne. « Grâce à toi, j'ai donc sept ans de moins que René. Juste retour des choses. » Elle m'a retourné le compliment. Je serais resplendissante, selon elle. N'est-ce pas ce qu'a dit Rachid lors de notre premier tête-à-tête ? « Je crois que je suis amoureuse. » En m'entendant prononcer la phrase, j'ai réalisé l'énormité de mon propos. « Je te le souhaite », a-t-elle répondu. Et pendant le reste du repas, elle s'est employée à m'encourager à courir à ma perte, comme diraient probablement Louise et bien d'autres. « Surtout n'en parle pas. Le bonheur est suspect, de nos jours. Si on l'affiche, on passe pour des inconscients ou des illuminés. » Elle m'a invitée chez elle avec Rachid « dans quelques semaines, quand la relation aura mûri » (son côté conseillère matrimoniale). Elle a cru bon d'ajouter : « Les semaines où les enfants sont chez leur mère. » Elle aime René mais n'est pas idiote ni maso. Ça m'a réconfortée de la retrouver. On a même oublié de parler politique. Après l'avoir quittée, je me suis demandé si son nationalisme restait aussi inconditionnel qu'au moment de ses malheurs conjugaux quand son ex-mari, fédéraliste impénitent, l'affrontait violemment au cours des dîners organisés chez les uns et les autres. Question : l'amour a-t-il un effet ramollissant chez les militants, toutes causes confondues ? Moi qui suis devenue une agnostique en politique, où cela va-t-il me mener ?

Hier, Rachid m'a donné une liste de tous ses numéros de téléphone. Cela marque une étape. Sa vie antérieure incluant le passé récent demeure dans le flou. Du coup, je me retiens de raconter spontanément les événements quotidiens. J'apprends à dire « j'ai mangé avec une amie » plutôt que « j'ai mangé avec Pauline X qui est remariée, travaille auprès des désarticulés sociaux etc... etc... ». Je deviens claire-obscure. Et je me sens transportée par cet homme. Où était-il tout ce temps et où étais-je moi-même ?

Coup de théâtre, Claire a rompu avec John. Cela fait vingt jours et elle ne m'en parle qu'aujourd'hui. « Ça va ? » ai-je demandé. « Sans somnifères et antidépresseurs je n'y arriverais pas. » Aïe ! J'ai un autre rapport aux médicaments. En fait, je les redoute. Je suppose que les psychiatres ont une familiarité si grande avec les pilules qu'ils les avalent comme des pastilles de menthe. John nie la rupture. Il croit plutôt qu'à la suite de ses incidents matrimoniaux des derniers mois, Claire a besoin de respirer. Incroyable, ce type. Il lui pompe l'air et s'attend qu'après avoir retrouvé l'oxygène, elle revienne étouffer à ses côtés. J'ai osé lui dire qu'elle méritait mieux qu'un statut de maîtresse en attente. « Je m'interroge dans le même sens », a-t-elle admis. Se peut-il que sa nouvelle clairvoyance résulte de la prise de médicaments ? Si c'est le cas, ma réticence diminuerait. Question encore : sans calmants, pourquoi se dévalorise-t-elle ? Bien sûr, j'ai été discrète au sujet de Rachid. Rien de pire au moment d'une rupture que d'entendre des histoires de couples qui marchent. Lorsque Georges s'est tiré, je ne m'intéressais qu'aux statistiques sur le divorce et je me passionnais pour les ragots de couples éclatés. Plus ça cassait, plus je me réjouissais.

Au début des amours, trouver un rythme est difficile. Rachid et moi nous parlons tous les jours au téléphone et je dors chez lui deux fois par semaine. J'hésite à l'inviter à la maison. La présence des enfants officialiserait une relation dont j'ai une peur bleue qu'elle ne dure pas. Simple. Je n'arrive pas encore à croire que je puisse retenir Rachid. Son attention à mon endroit, son ardeur au lit, son empressement à me revoir ne suffisent pas à chasser le doute qui m'assaille. Et si la conduite de Georges avait brisé définitivement mon ressort amoureux, après l'avoir engourdi durant des décennies ? Oh ! que de pensées moroses. Est-ce la pluie glaciale qui tombe depuis deux jours ou le prochain saut en parachute d'Albert dont j'ai appris, par un copain à lui qui dînait encore à la maison, qu'il se déroulera demain ? Est-ce, dans les contrats de pub, la stagnation actuelle qui rend Henri d'une nervosité communicative ou la conscience du temps qui passe, fatidique à mon âge, toujours est-il que j'ai le tonus bas. Si je m'écoutais, je m'enfoncerais sous la couette, je débrancherais tout ce qui est branché, y compris mes neurones, et je dormirais comme une chatte les lendemains de pleine lune.

La visite de l'appartement de Louise m'a rendue perplexe. On se croirait dans un riokan. Zen minimaliste. On s'assoit par terre, on mange à vingt centimètres du sol, il n'y a que la cuvette de la toilette à la bonne hauteur. « Où sont tes bibelots, tes peintures, tes souvenirs ? » ai-je demandé. « Au garde-meubles , elle m'a répondu, je ne veux aucun objet qui me rappelle mon ancienne vie. » Comme *tabula rasa*, c'est réussi. Louise s'est même reconvertie au tatami, tatami de luxe mais tout de même. Je l'imagine dans quelques années, lorsque l'arthrose se jettera dans ses articulations. Comment se lève-t-on du plancher quand la douleur nous fait grimacer ? Je dois manquer de souplesse mais il m'apparaît plus confortable de se glisser en dehors d'un lit d'une hauteur standard occidentale. Il me semble aussi qu'on peut raffoler des sushis sans se meubler à la japonaise. « Je suis dans un processus de détachement progressif », assure Louise qui a aussi introduit dans sa garde-robe des vestes, jupes et robes signées Miyake, Yamamoto, Honda et autres marques du Soleil levant. Je la sens psychologiquement disponible à une adhésion à la pensée bouddhiste. Elle m'apparaît mûre pour l'éclosion du lotus dont la première étape est le *lab-pa soum shi-pa nang nes*. Cela dit, elle ne s'apitoie pas sur son sort et, contrairement à plusieurs quinquagénaires déprimantes, n'est pas à la recherche « d'un homme libre, non fumeur, dont le taux de testostérone se maintient sur la ligne de flottaison et qui n'est pas prisonnier des névroses qui l'ont amené à divorcer ou, comme son Paul, à être remercié de ses bons, loyaux et mortellement ennuyeux services ».

Juliette, son aînée, reste enfermée dans son hostilité. Louise évite d'en parler, elle glisse sur le sujet. J'ai peine à croire que son prétendu détachement recouvre aussi la rupture avec sa fille. Quelle sotte que cette dernière. Chaque soir, elle va préparer le repas de Paul, trop heureux, j'imagine, de jouer la victime et trop innocent et égocentrique pour se rendre compte que Juliette, en se substituant à « maman », s'enfonce dans une régression tout œdipienne (Freud n'est pas mort, contrairement à Dieu) et se dirige inéluctablement vers un cabinet de psy dont elle assurera le pain, le beurre et le miel de longues et rentables années.

Georges m'invite à déjeuner. Quelques points de discussion à l'ordre du jour, a-t-il précisé. Ça m'énerve.

« Tu peux peut-être me mettre sur la piste ? » Non. Il préfère le faire face à face, a-t-il dit. Ça m'inquiète. Cet homme aura toujours le don de me déstabiliser. Du coup, j'imagine le pire. En fait, je devrais savoir que le pire est arrivé puisqu'il a brisé notre vie de couple et de famille. Mais je me fais du cinéma en parlant comme un témoin devant le tribunal du divorce. Au fond de moi, il me faut admettre que l'éloignement progressif de Georges vers son karma répondait à une indifférence routinière de ma part. Ça faisait longtemps que mes épanchements étaient réservés à mes amies plutôt qu'à mon mari. Si je ne faisais pas d'efforts pour m'empêcher de m'autoflageller, je me convaincrais que je suis seule responsable de l'échec de mon mariage, que la mauvaise performance du bureau depuis quelques mois relève de moi plutôt que d'Henri qui rentre dans son andropause comme d'autres dans les sables mouvants, et que Rachid va me larguer dès qu'il découvrira la dépendance maladive que je suis en train de développer sous des dehors « j'ai vu couler de l'eau sous les ponts. Je mène ma vie comme je conduis mon auto : sur le pilote automatique et mon attachement se situe une coche en dessous du tien, mon chéri » (faux, faux, re-faux).

Pourquoi certains êtres réussissent-ils à faire surgir nos faiblesses les plus inavouables, nos mesquineries les plus détestables et nos fragilités les plus menaçantes (pour nous, pas pour les autres) ? C'est l'effet de Georges sur moi. Depuis son coup de téléphone, je vis les heures qui me séparent de notre rencontre avec le sentiment d'une épée de Damoclès au-dessus de la tête. Même les bras de Rachid n'ont pas suffi à effacer ce que la morale du temps jurassique, où les principes s'imposaient sur les désirs, appelait le froissement de l'âme. Georges me chiffonne, voilà. J'ai trouvé non seulement le mot mais la sensation qui le recouvre.

A la fin de notre déjeuner, j'ai ramassé l'addition, suite logique de la conversation. Georges, apparemment, serait dans une mauvaise passe financière. « Placements improductifs », a-t-il glissé sur un ton sans réplique. Il souhaite que j'assume désormais l'entièreté des dépenses d'entretien des jumeaux. « Tu veux dire que je paie aussi les frais de scolarité et les activités sportives puisque je paie déjà tout le reste. » « N'essaie pas de m'agresser, c'est inutile, je ne prête pas flanc à tes attaques », a-t-il répondu en serrant les dents et baissant la voix, un style que je ne lui connaissais pas. J'étais outrée. « Je paie déjà tout, sauf la scolarité. Et les sports, c'est de la rigolade. Le seul sport de Maud c'est de critiquer et Albert saute en parachute à ta suggestion. Tu t'en tires à bon compte. » « J'ai à faire vivre une femme qui a décidé de rester à la maison avec le bébé, ce qui me semble légitime, et mon salaire, compte tenu de l'inflation, baisse depuis deux ans. » « Tu prends un dessert ? » lui ai-je demandé pour me ventiler avant de m'étouffer de rage.

Le second point à l'ordre du jour : Albert en Inde. Selon son père, notre fils s'y prépare studieusement et sa décision de s'y rendre l'automne prochain reste très ferme. « Ça n'est pas l'impression qu'il me laisse », ai-je eu la bêtise de dire. « Il t'épargne, sachant à quel point toute discussion avec toi provoque un drame. Je l'accompagne dans son cheminement spirituel et je découvre son sérieux, sa gravité et son sens aigu de la réalité. J'aurais bien aimé lui ressembler à son âge. » Il veut me tuer, me suis-je dit, en sentant monter ma tension artérielle. J'ai avalé une gorgée d'eau, en m'obligeant à fixer le mur au-dessus de lui car, prise d'étourdissements, du coton dans les jambes, j'avais une peur bleue de perdre connaissance. « Quand la conversation te déplaît, tu regardes ailleurs. C'est exactement ce qui se passe en ce moment », a dit Georges, trop content de démontrer qu'il avait bien saisi ma feinte. Du coup, je me suis ressaisie, la colère étant énergisante. « T'es vraiment un fin psychologue », j'ai murmuré en lançant ma carte de crédit sur l'addition. Il a ignoré mon geste. « Ton fils a droit à sa vie comme moi... » Une bouffée de chaleur m'a brûlé la figure. Retiens-toi, je me répétais. Ne perds pas les pédales. « Autre chose vous ferait plaisir ? » a demandé le serveur. Pourriez-vous électrocuter Monsieur ? ai-je eu envie de répondre. « Non merci », ai-je répondu aimablement en m'obligeant à sourire, ce qui du coup, a détendu mes muscles faciaux. « Si ça ne t'embête pas, je vais prendre un autre café en lisant mon journal. J'ai du temps devant moi. » « Trop tard, j'ai déjà payé l'addition », ai-je lancé. C'était minable, je l'admets. « Tu charries, a simplement dit Georges. Tu voudrais que je te déteste. Ça te rassurerait peut-être mais j'en suis incapable, Jeanne. »

Un peu plus et je répondais merci de tout mon cœur.

12

J'ai quitté Georges, sonnée comme un boxeur. J'ai donc annulé mes rendez-vous, fermé mon cellulaire et me suis engouffrée dans le premier cinéma. Pas de chance, on y projetait un navet, l'histoire d'un cow-boy du Montana qui siphonne le sperme de l'étalon reproducteur de son voisin exécrable. Je me suis vite endormie et, quand j'ai réouvert les yeux, le cow-boy inséminait sa propre jument, du sperme du cheval, il va sans dire. Ça m'a réconfortée et j'ai failli applaudir à la fin lorsque ce dernier, traîné devant le tribunal, ne reçoit qu'une peine légère, des travaux communautaires pour la Société protectrice des animaux. Du coup, ça m'a fait oublier Georges.

La nuit suivante, même dans les bras de Rachid, l'insomnie a eu raison de moi. Je ne survivrai pas si Albert, sous la pression de son père, abandonne ses études, sa sœur, ses amis et sa mère pour réaliser des fantasmes qui ne sont pas les siens. La nuit amplifiant les peurs, je visualisais mon fils, perfusé et inconscient, en train d'agoniser dans une salle crasseuse et bruyante d'un hôpital de Bombay. Le souffle régulier de Rachid ne parvenait pas à calmer mes démons et, bien sûr, il était impensable que je le réveille. L'amour est plus fort que la police, paraît-il. En tout cas, pas plus fort que mes obsessions de névrosée.

Maud serait amoureuse que ça ne me surprendrait pas. Moins tranchante que d'habitude, elle m'a demandé conseil pour son maquillage et m'a soutiré de l'argent pour s'acheter une robe. « Une robe ? Tu veux séduire quelqu'un ? T'as du travail à faire ! » Pourquoi j'ai réagi de la sorte, je n'ose me l'avouer. Alors j'ai récolté ce que j'avais semé. Elle m'a lancé à la figure tout ce que je lui avais fait subir. A l'entendre, je n'étais pas une mère mais un char d'assaut. En proie au remords, je lui ai allongé deux fois la somme qu'elle réclamait. « J'suis pas à vendre », a-t-elle crié en lançant les billets par terre. J'ai quitté la pièce et, lorsque je suis revenue une heure plus tard, les dollars avaient disparu. Pragmatique tout de même, ma fille.

Claire, qui ne reçoit jamais, m'a invitée chez elle. Un dîner de femmes, a-t-elle précisé. Je comprends surtout que sa rupture avec John lui a ôté l'envie de côtoyer des couples. Ce dernier la poursuit au téléphone, à l'hôpital, il envoie des fleurs – à mon avis, il a dû changer de fleuriste depuis l'erreur d'adresse – mais elle ne bronche pas. Je ne lui ai pas demandé si sa détermination serait aussi ferme sans antidépresseurs de peur de la blesser. Je n'avance plus sur ce terrain qu'avec une précaution de Sioux, ayant suffisamment gaffé avec mes remarques sur les mangeurs de pilules devant des assemblées où je découvrais, par la suite, que la moitié des gens s'engourdissaient de bonbons chimiques aussi légaux qu'efficaces. En franchissant le cap de la cinquantaine, les femmes ignorent qu'elles risquent de devenir les esclaves des fabricants de cosmétiques et de produits pharmaceutiques supposés relaxants. Personnellement, l'idée de m'engourdir me stresse et les crèmes antirides me dépriment. Je préfère la griserie de la vodka qui me ramollit juste ce qu'il faut pour glisser à l'oreille de Rachid des mots qui lui font retirer ses lunettes.

Des huit amies réunies chez Claire, une seule vit avec son mari depuis trente ans. Une ancienne beauté qui se laisse aller. Des bourrelets, le cou et la gorge tachetés de rougeurs et le regard las de la femme qui a avalé toutes les couleuvres. Sa façon fébrile de manger me porterait à croire que l'alléluia de la jouissance n'est plus qu'un souvenir pour elle. Son mari, un homme d'affaires en vue, l'a quittée durant quelques mois pour une autre, qui l'a abandonné le jour où il s'est découvert une bosse maligne dans le cou. Il est revenu frapper à la porte du sanctuaire sacré des époux que son ex avait laissée entrouverte. « Avec de la patience, nous a-t-elle dit, on ne perd jamais son homme. » Réjouissant.

Deux autres collègues de Claire se remettaient à peine d'une séparation. Irène, une gynécologue, avait découvert son mari cardiologue dans les bras d'une interne iranienne qui, apparemment, poussait des cris perçants. Quant à Odette, une gastro-entérologue, elle a développé un ulcère d'estomac depuis le jour où son conjoint, de dix ans son cadet, lui a annoncé son intention de fonder une famille avec une vétérinaire dans la vingtaine, spécialisée dans les oiseaux exotiques.

Irène et Odette ont tenu des propos si amers sur les hommes que je me suis sentie obligée d'y apporter quelques bémols. Mal m'en prit car elles m'ont ignorée le reste de la soirée. J'ai donc quitté toutes ces femmes avec soulagement en me demandant si l'hostilité manifeste à l'endroit de leurs ex s'apparentait à la mienne. L'idée que j'aie l'air aussi détestable qu'elles suffirait à m'inciter à changer d'attitude. Si seulement Georges cessait de me traiter comme une hystérique bornée mais corvéable.

Rachid. Après les confidences du début de notre relation, il s'est installé dans une routine. Deux jours par semaine, il me fait l'amour avec un mélange d'intensité et de distance qui parfois me déconcentre. Il le sent. « Ça va ? » demande-t-il de plus en plus souvent au milieu des caresses. J'ai l'impression que sa douceur affichée camoufle une lassitude. Rachid s'exprime souvent en soupirant, ce qui n'était pas le cas dans les premières semaines de... je cherche le mot... notre liaison ? Non. Notre histoire ? Pas mieux. Notre affaire ? Décidément ça n'est pas ça. Notre... Oui, notre... trois points de suspension. Donc ses soupirs me laissent perplexe. Je les relève l'un après l'autre. « A quoi penses-tu ? » Parfois il répond « à rien » ou « à toi » ou « à un patient de vingt ans qui va perdre l'œil » ou il ne répond pas du tout. Alors je laisse tomber. Non par stratégie mais par fatalisme. Une échographie révélerait que j'ai des rides au cœur, j'en serais à peine étonnée. Après les émois du début, une affaire de sexe, dirait Rachel, je n'arrive pas à abandonner à Rachid autre chose que mon corps. Un tel dédoublement me surprend. Je le croyais réservé aux hommes. Lorsque ce dernier ébauche des projets inoffensifs du genre « J'aimerais t'emmener en Floride dans les Keys », je tique malgré moi. Pas de planifi-

cation, ai-je envie de lui dire mais je réponds plutôt :
« Ce serait bien. » Et si j'étais en train de l'inciter à
me quitter ? J'entends déjà toutes les femmes seules
me traiter d'idiote. « Il te fait l'amour deux fois par
nuit, tu jouis à tous les coups, il envisage un certain
avenir avec toi et tu lèves le nez là-dessus ? » Je leur
donne raison et je garde mes états d'âme pour moi.

Pauline m'a rappelée pour m'inviter à dîner avec
Rachid, estimant sans doute que la période d'incuba-
tion amoureuse arrivait à terme. Eh bien, j'ai décliné,
prétextant un voyage à l'étranger. Je me rends bien
compte de ma réticence à m'afficher en couple,
contrairement à Rachid, qui souhaite, lui, me présenter
à ses amis. Je ne vais tout de même pas lui avouer que
nos deux nuits hebdomadaires me suffisent. Or ma
réserve semble lui échapper. Et si j'étais tout simplement calamiteuse ?

Louise s'est inscrite à des cours au pavillon japonais
du Jardin botanique. Elle s'initie à la cérémonie du
thé, un summum d'esthétisme, de raffinement et de
dépouillement, selon elle. « Je t'imagine nous recevant
en kimono, silencieuse et docile. » « Tu n'as rien compris à ma démarche, m'a-t-elle lancé. Ta vie est trop
compartimentée. Tu passes à côté de la fantaisie et tu
te fermes à toute influence culturelle étrangère. » Je
l'ai regardée fixement. Elle croyait absolument ce
qu'elle disait. « Je n'évolue pas assez à ton goût ? »
« Tu saisis bien le fond de ma pensée », a-t-elle répliqué. Je la soupçonne d'avoir rencontré un représentant
du pays du Soleil levant car, dans ce genre de revirement exotique, « cherchez l'homme » pour paraphraser... qui, au fait ?

Eh bien, elle a craché le morceau. Le Japonais en question, elle l'a rencontré sur sa chaise de dentiste. Sa bouche n'a plus de secret pour elle. Il serait aussi beau que le héros du film *Indochine*, m'a-t-elle assuré. « Travaille-t-il dans un sushi bar ? » ai-je dit en badinant. Elle l'a pris comme une insulte. « Je ne te connaissais pas des réflexes de classe », ai-je répliqué. Ça lui apprendra à me traiter de bornée. Résultat : on est en froid encore une fois. Si elle savait que Paul non seulement me téléphone mais qu'il m'a invitée à quelques reprises à dîner, ce que je refuse bien sûr, la brouille passagère pourrait s'éterniser.

Parce que son Paul, je ne le reconnais plus. Après la rage, il est entré dans une phase « Je fais pitié, consolez-moi ». Son terrain de jeu, ce sont les amies de sa femme. Il fait donc aussi le coup à Claire qui elle, par déformation professionnelle, du moins je l'espère, lui sert de confidente un peu trop souvent à mon goût. Avec Rachel par contre, il a rencontré son Waterloo. Je suppose qu'elle se méfie de l'utilisation juridique qu'il pourrait faire de ses propos. Rachel m'a glissé un mot qui m'a laissée songeuse. « Be very careful. This guy is a jerk. » Un bizarroïde ? « T'es sûre ? » « J'ai l'expérience de ces types », a-t-elle ajouté. Elle m'a semblé si convaincue que je ne l'ai pas questionnée davantage. Paul ne s'imagine quand même pas qu'on pourrait le fréquenter ? Quand un couple se sépare, les amis doivent choisir leur camp pour éviter d'être coincés entre l'arbre et l'écorce. Dans mon cas, ça ne se pose guère puisque je place ma fidélité à Louise au-dessus de tout.

Rachel poursuit ses amours avec God qui a maintenant chez elle l'usage de trois tiroirs d'une commode et d'un placard qu'elle a libérés pour lui. Par contre, il n'est pas question pour elle de laisser des vêtements chez lui. Après y avoir mis les pieds, Rachel a décrété qu'à moins de redécorer complètement les lieux, elle n'y retournait plus. « C'est terne, neutre et froid comme un rapport financier, a-t-elle dit. Il a dû racheter le mobilier d'un Holiday Inn en faillite. » Pourquoi tant d'hommes, qui se retrouvent célibataires et qui ne sont pas gays, s'accommodent-ils d'appartements déprimants où ils se posent comme à l'hôtel sans jamais habiter les lieux ? Alors que les gays sont portés à surcharger et « surdécorer », les hétéros, eux, oublient de mettre des tentures aux fenêtres et choisissent leur mobilier dans les vitrines des magasins de meubles. En fait, ils achètent souvent la vitrine au complet. Rachel prétend que le fiscaliste manque d'imagination mais pas de goût. Elle en veut pour preuve les compliments qu'il ne cesse de lui faire sur sa façon de s'habiller, phosphorescente, impossible de la rater la nuit sur une autoroute – et de décorer sa maison – un mélange d'époques Louis XV, victorienne, Art nouveau et grunge chic ! God étend son corps entre les draps de satin noir, sous un baldaquin jaune serin dont le ciel de lit est tendu de trente mètres de satin noir identique à la literie. Rachel prétend qu'elle a réglé son problème d'insomnie grâce à l'obscurité que la non-couleur lui procure. « Ça enveloppe », assure-t-elle. Georges a toujours affirmé que le décor de la chambre de Rachel ferait débander la plupart des hommes. God échappe à la règle. Allez comprendre. Le jaune serin l'émoustille peut-être.

Lorsque j'ai pénétré dans l'appartement de Rachid, la première fois, j'ai eu l'impression que rien n'avait bougé depuis la mort de sa femme car plusieurs détails trahissaient la touche féminine. Des photos encadrées posées sur une table en verre, des jardinières devant les fenêtres et, dans la salle de bains, des étagères vidées de leurs produits de beauté. Je me demande si je dors dans leur lit commun. Ça me dérangerait. Lorsque Georges m'a quittée, j'ai téléphoné à Emmaüs pour qu'ils récupèrent notre lit. Le matelas, les oreillers, la couette, les draps, je les aurais volontiers brûlés. C'est le « Qui donne aux pauvres prête à Dieu » qui m'a retenue.

Ma belle-mère vient de me convoquer chez elle, ce qui n'est pas son genre. Quand elle a ouvert, j'ai dû me ressaisir devant sa mauvaise mine. « Je ne vais pas bien. Le matin, je me jette en bas du lit dès que j'ouvre l'œil, sans quoi je resterais allongée toute la journée. Que voulez-vous, Jeanne, "la vieillesse est un naufrage", comme a dit le général de Gaulle. » « Qu'est-ce qui vous inquiète le plus ? » lui ai-je demandé. « La maladie, pas la mort », a-t-elle dit simplement. Sur la table de la salle à manger, elle avait disposé des bijoux, de l'argenterie, de la verrerie en cristal. « Je voudrais que vous choisissiez ce qui vous plaît. Et si vous refusez, je vous mets à la porte. » Elle souriait. Heureusement, ça m'a obligée à ravaler mes larmes. J'ai tout de même tenté de résister à son offre macabre, cette dépossession volontaire qui indique un coup de déprime, rien d'autre. Mais elle avait l'air si déterminé que je me suis avancée vers la table et j'ai pointé du doigt une cafetière, des verres à vin, à eau et un bracelet en or serti de petits rubis devant lequel je m'étais souvent pâmée. « Ne me traitez pas comme une idiote,

Jeanne. Prenez davantage. Pensez à Maud, c'est à elle que vous léguerez ensuite ces souvenirs. » A vrai dire, je pensais à Georges et surtout à ses sœurs Estelle et Luce. « Écoutez, belle-maman, vous me rendez mal à l'aise. » « Tant pis, a-t-elle répliqué. Je sais ce que vous pensez. Soyez sans crainte, j'ai réparti tout mon argent également entre mes enfants. Je souhaite seulement que mes plus beaux bijoux, ce soit vous qui les portiez. Vous préféreriez sans doute voir mes bagues aux doigts de la femme de Georges ? » Elle semblait satisfaite de sa remarque, l'air de dire : j'ai un argument irréfutable, hein, ma petite. J'ai souri. « Allez, débarrassez-moi de tout ce qui est sur la table. » Dans un dernier sursaut pour couper court à cette cérémonie fantasque, j'ai lancé : « Mais vous n'allez pas mourir avant d'être centenaire ! » « Peut-être mais je profite du fait que j'ai encore toute ma tête pour réaliser mes dernières volontés. » Ma foi, me suis-je dit, elle s'amuse. « Vous voyez, Jeanne, je me sens mieux tout à coup. Que penseriez-vous d'un veuve-clicquot ? »

Je suis sortie de chez elle de bonne humeur, légèrement euphorique, les bras chargés de mon précieux héritage, convaincue que ma belle-mère ressusciterait si jamais, un jour, elle avait la mauvaise idée de mourir.

s'est empressée de l'informer de ses intentions. Ça n'a pas manqué, Georges me téléphonait dans l'heure suivante. « Il est impératif de se rencontrer », m'a-t-il dit sur un ton qui ne souffrait aucun refus. « A ta convenance », ai-je répondu avec un calme d'autant plus étudié que j'en connais l'effet perturbant sur lui. Car Georges n'a jamais supporté que je lui rende la monnaie de sa pièce, c'est-à-dire que je sois imperturbable les fois, rares, où il s'énerve.

En l'apercevant derrière la vitrine du café, j'ai éprouvé un choc. Il embellit, le salaud. Les tempes grisonnantes, le visage moins anguleux que de mon temps, il dégage une virilité plus évidente et une nonchalance aussi qui l'adoucit. S'il m'était inconnu, je me dirais : « Mais qui est ce bel homme ? » Je me suis donc ressaisie car je n'allais pas m'asseoir devant lui dans cet état. Heureusement, parce que Monsieur m'avait convoquée pour me faire un procès d'intention. Ne comprenant apparemment pas que le revirement de sa fille contenait un message d'amour à son endroit et celui de son nouveau-né, il me soupçonne d'avoir, c'est son expression, « intoxiqué » Maud. « Jamais je n'aurais imaginé que ton ressentiment à mon endroit soit aussi tenace et violent. Que tu utilises notre fille pour me déstabiliser en l'incitant à quitter des études sérieuses pour une spécialisation de second ordre me sidère. » J'ai hésité entre me lever et partir (la voie facile), provoquer un esclandre (encore que), jouer l'outrance (compliqué), alors j'ai opté pour la tristesse. « Tu m'accordes une influence sur notre fille que je n'ai pas. Pauvre Georges. Si tu savais comme tu te fourvoies. » Il m'a regardée et, visiblement, il cherchait une réaction appropriée à mon ton. « Tu me prêtes des intentions maléfiques. Ça m'atteint au cœur », ai-je ajouté. Puis, pour provoquer mes larmes, je me suis remémoré notre conversation de rupture. Ça n'a pas manqué, j'ai senti monter un sanglot. Il s'est tout de suite amadoué et a murmuré : « Attention, Jeanne, les gens nous regardent. » Il a avancé la main vers mon bras qui reposait sur la table. Du coup, j'ai pleuré pour de vrai. L'embêtement c'est que je n'avais pas de Kleenex. Il m'a donc tendu la serviette de table en papier et je me suis mouchée bruyamment. Pour la première fois depuis des années, je réussissais à l'attendrir. « Je ne veux pas t'affliger mais ton comportement envers moi ne cesse de me heurter, a-t-il dit. Tu ne sembles pas te rendre compte que, même si j'ai refait ma vie, que j'ai un enfant, une femme (vas-tu cesser ta pénible nomenclature, pensais-je en moi-même), je te garde une affection indéfectible. Tu es la mère de mes enfants et, pour moi, c'est sacré. » « L'autre aussi », ai-je eu envie d'ajouter mais j'ai préféré m'enliser dans l'attendrissement plutôt que me plaindre encore une fois, ce qui ne m'apportait rien de bon. Et puis, pourquoi le cacher, je provoquais chez Georges un sentiment de trouble et je m'en réjouissais. Pas de quoi m'en glorifier pourtant car il s'y mêlait sans doute de la pitié. « J'ai besoin de ton soutien, Jeanne. Maud est douée, tu le sais, pour les études scientifiques. Elle ne va tout de même pas rater sa vie parce qu'elle a momentanément envie de pouponner alors qu'une carrière brillante s'offre à elle et va lui ouvrir toutes les portes. » J'ai eu envie de lui faire remarquer que, pour un adepte de la bohème écolo-naturopathie, il s'exprimait comme le plus conventionnel des bourgeois carnivores, pro-aliments génétiquement modifiés. De plus, en toute innocence, il sciait la branche sur laquelle il se trouvait confortablement assis. « Si on parlait du cas d'Albert et de son voyage en Inde par la même occasion », ai-je émis à voix à peine audible par crainte qu'il n'y détecte une ironie. Estomaqué, il m'a regardée, puis soupesant ses mots, après une respiration trop longue pour être naturelle, il a décrété : « Ni toi ni moi ne sommes en état de discuter, c'est clair. » Puis il s'est levé et, par distraction, je suppose, il a ramassé l'addition du verre de rouge et de la bière. Comme il n'est pas revenu sur ses pas pour me la remettre, j'en ai conclu que sa perturbation avait atteint un sommet encore jamais approché. Somme toute, cette rencontre a relativement exaucé mes attentes.

Le soir même, dans les bras de Rachid, égal à lui-même, c'est-à-dire ardent, attentionné, sensuel mais toujours avec ses soupirs qui me déconcertent quelque peu, je me suis abandonnée au point où, dans un souffle, j'ai laissé échapper un « Je t'aime ». Il attendait certainement cet aveu depuis quelque temps car, en me serrant à m'en briser les os, il a murmuré : « Et moi donc. Je t'aime, je t'aime, je t'aime !!! » Est-ce cette répétition qui m'a gênée ou mon propre « je t'aime », difficile à dire. Mais je me sentais en porte-à-faux. De mon aveu et du sien. Depuis le départ de Georges et, pour être sincère, même dans les dernières années de notre vie commune, les « je t'aime », je les avais bannis de mon vocabulaire. Avec Georges, pourquoi « je t'aime » lorsque le fait de vivre ensemble l'implique ? Après lui, avec les rares amants, pas question de mots pièges. Reste Rachid. Avoir prononcé la petite phrase avec lui me contrarie. Victime de mon emportement, je crains maintenant les retombées. Mais comment lui expliquer, sans le blesser ni saboter ce qui existe entre nous, que les mots ont dépassé ma pensée ? Ou plutôt que la chair affaiblie et triomphante à la fois a pris le pas sur la prudence ? C'est peu dire qu'il n'apprécierait pas. D'ailleurs, je me trouve infâme de réagir de la sorte. Ai-je encore du cœur ? Il m'arrive de me le demander. Et je ne comprends pas Rachid d'éprouver tant de sentiments pour moi. Je l'ai prévenu pourtant : « Ne sois pas si gentil avec moi. » Il a ri d'abord, puis s'est rembruni. « Tu me voudrais plus réservé avec toi. Ça m'inquiète. » « J'ai peur de l'engagement sans doute », ai-je répondu comme un perroquet ayant suivi une psychothérapie en compagnie de laissées-pour-compte par leurs conjoints. Je suis une emmerdeuse ambulante et les femmes devraient me lapider, surtout celles qui cherchent désespérément un homme, ne serait-ce que pour leur tenir la main au cinéma. Si Rachid se refroidit, prend ses distances et me jette pour une des nombreuses qui s'étendraient devant lui avant même qu'il ait déboutonné sa chemise, je me frapperai la tête contre un mur en me criant des insultes. Souffre, ma vieille irrécupérable. Tu mérites ton sort. Le plus décourageant pour celles qui, en amour, coulent à pic et inévitablement remontent à la surface toutes seules, c'est que Rachid s'accroche au lieu de reculer. Qu'est-ce qui déclenche chez les hommes ce mouvement de balancier qui fait qu'on les attire quand on s'éloigne et qu'ils battent en retraite en constatant qu'on est à leur merci ? Hélas, la plupart du temps, les femmes pratiquent la reddition complète devant le mâle. Mais comment partager mes angoisses senti-mentalo-existentielles avec Rachid ? Au contraire, je fais gaffe. Quoi qu'en pensent les féministes, tendance amazones, la différence avec les hommes ne se limite pas à un appendice. L'imagerie médicale indique que nos cœurs sont identiques mais nos cerveaux révèlent des anomalies dissemblables. Entre les deux oreilles, nos perceptions divergent. « Cher Rachid, je suis à toi au lit, en pensée parfois, dans mes fantasmes souvent, mais l'avenir pour moi n'existe pas. Quelqu'un l'a broyé. » J'imagine la tête qu'il me ferait si je lui tenais ce discours. Peut-être même aurait-il la tentation de me battre. Louise et Rachel ne s'en priveraient pas, elles, si je leur avouais mes doutes. Rachel surtout, qui en blaguant proposait l'autre jour qu'on se marie à quatre. « On économisera les frais de location de la salle de réception et de l'orchestre », disait-elle. « T'es une vraie juive », ai-je répondu. « Antisémite », m'a-t-elle répliqué en s'esclaffant.

Car God, elle l'affirme, échafaude des plans com-muns. « Tu te marierais avec lui ? Rassure-moi, Rachel, sans quoi j'appelle Urgence santé. » Je devais avoir l'air catastrophée. « Don't panic. » Quand elle s'énerve, elle retrouve sa langue d'origine. « One can dream. Everybody is not as cynical as you. » Je suis restée bouche bée. Rachel, la grande prêtresse du divorce qui n'a de cesse de réduire les histoires de cœur à des pulsions hormonales, qui installe entre les hommes et elle un rapport de force où les cadeaux récompensent leur comportement cachère, Rachel se laisse amadouer par God, lequel, j'en mettrais ma tête sur une bûche, recherche une prise en charge perma-nente, pour parler comme une travailleuse sociale.

God surfe sur l'énergie de Rachel, nous sommes toutes là pour en témoigner. Apparemment, elle s'en accommode, ce qui laisse à penser qu'il continue de la transporter, c'est-à-dire de la prendre par autre chose que les seuls sentiments. Louise a toujours prétendu, je dis toujours mais cela date de sa confession générale au sujet de sa vie avec Paul, que les amants, les vrais, ne courent pas les rues. J'ignore le nombre qu'on doit en consommer pour que l'échantillonnage soit statistiquement valable mais je serais portée, sur ce sujet seulement, à lui accorder de nouveau ma confiance. A Rachel aussi. N'ayant jamais collectionné les hommes, mon évaluation demeure limitée mais il me semble que les plus fringants ont rarement le physique de l'emploi.

Je sors de chez Rachel si confuse que je serais bien incapable de retracer mon chemin de retour. Non seulement elle n'écarte pas le mariage mais elle a convaincu God de se convertir au judaïsme. « Et la circoncision ? » lui ai-je demandé. « Il accepte sans hésitation », a-t-elle répondu en manifestant un léger déplaisir devant ma curiosité. « L'as-tu informé des risques ? On ne coupe pas de morceau sans douleur. » « I hope you are joking », a-t-elle dit sèchement. C'est à ce moment-là que j'ai saisi la gravité de la conversation. Nous n'étions plus dans la facétie. *Rachel est absolument sérieuse.* « Je ne passerai pas le cap de la soixantaine seule. Je les vois défiler dans mon bureau, les femmes vieillissantes, sans hommes, tenues à distance par leurs enfants et qui n'ont plus que leurs chèques de pension alimentaire pour maintenir un lien avec leurs ex-maris. That is what you're dreaming of,

I suppose ? Look at yourself for God sake. » Elle charriait. « Qu'est-ce que j'ai en commun avec tes clientes ? Je suis indépendante financièrement, j'ai deux ados dans les jambes, Rachid est dans ma vie. » « Bullshit, a-t-elle lancé. Tes enfants vont se tirer dès que tu consentiras à payer leur appartement, ce qui ne va pas tarder, ton argent, ça ne te réchauffe pas dans un lit, et Rachid, tu y es tellement attachée que tu le caches à toutes tes amies. » C'est la première fois qu'elle haussait le ton avec moi. J'étais secouée. S'en rendant compte, elle s'est adoucie et a pris mes mains dans les siennes. « Listen, Jeanne. On a cinquante ans (j'ai apprécié qu'elle arrondisse le chiffre), on séduit encore mais pour combien de temps ? Promène-toi dans la rue avec ta fille et vérifie sur laquelle des deux se porte le regard des hommes. It is rough but such is life. » Elle m'a assuré que trouver un homme libre à nos âges, légèrement plus jeune, autre avantage, suffisamment névrosé pour vouloir s'engager et pas trop pour nous empoisonner l'existence, c'est une chance qui s'apparenterait à gagner le gros lot de Loto-Québec. J'ai compris que la solitude la terrifiait et que God, peu importent ses désavantages à mes yeux et sans doute aux siens car je n'ai jamais sous-estimé l'intelligence de Rachel, en consentant à cette preuve d'amour qu'est la conversion au judaïsme, s'attachait Rachel qui lui vouera une reconnaissance éternelle. Et God, qui mérite désormais que je le désigne de son prénom, David, faut croire qu'il était prédestiné à changer de religion, s'il éprouvait une réelle passion pour mon amie ? Pourquoi ai-je écarté cette hypothèse ? Pourquoi le mot couple provoque-t-il en moi une méfiance qui n'est rien d'autre qu'une peur endémique dont il est temps de me débarrasser ? Et si Rachel avait raison à mon sujet ? Si Rachid méritait que je risque de me brûler les ailes pour lui ? Si, encore une fois, j'avais tout faux même ma perception actuelle de Georges ? Et si la solitude que je revendique, dont il m'arrive même de vanter les mérites, me terrorisait plus qu'elle n'effraie l'ensemble de mes amies ? Me leurrer sur moi-même, c'est peut-être ça ma fatalité.

En entrant dans la maison vide, j'ai ingurgité deux doubles vodkas cul sec et j'ai rappelé Rachel, la sachant seule puisque God-David séjournait dans l'ouest du pays. « Trouves-tu que je fais pitié ? » lui ai-je demandé, l'esprit flottant dans l'alcool blanc. « T'as bu ou je me trompe ? » s'est enquise Rachel. « Tu ne te trompes jamais. Les avocats ont toujours raison. Ce sont les juges qui interprètent mal. Crois-tu que ce serait une bonne idée que j'appelle Rachid ? » En fait, j'étais déjà en train de composer son numéro sur mon cellulaire. « Surtout pas », l'ai-je entendue crier dans le combiné mais il était trop tard. Rachid avait répondu et, du coup, j'avais raccroché au nez de Rachel. « C'est moi, Jeanne », ai-je précisé. « Je te reconnais. Pourquoi te nommes-tu ? » Il avait l'air plus que surpris. « Ça va ?... Ça ne va pas, Jeanne ? » Je n'arrivais plus à prononcer un son. Je n'avais envie que de pleurer. « Tu veux que je vienne ? » Les enfants allaient arriver. Qu'allaient-ils penser de moi en découvrant Rachid dans ma chambre ? « Je préfère pas », ai-je répondu en éclatant en sanglots. « J'arrive. Promets-moi de m'ouvrir », a-t-il dit. « Je le promets. »

J'ai repris de la vodka pour me donner du courage

« Pour qui ? » ai-je demandé. « Je comprends à ta remarque que tu t'apprêtes à agresser ta fille. Calme-toi, Jeanne, et surtout montre-toi tolérante. » Évidemment, connaissant Claire, je ne devrais pas m'étonner de sa complaisance. Si je recherchais une confirmation de ce que je pense, il me fallait appeler quelqu'un d'autre. A vrai dire, je crois que, dans mon entourage, tout le monde diverge d'opinion avec moi sur ce sujet. Je m'en fiche. Je n'ai aucune envie d'entendre les ébats de mes enfants et de lire dans leurs yeux autre chose que leur amour pour moi. Pour le moment du moins. Je me suis donc habillée sans hâte en espérant que le grand échassier blond aurait quitté ma maison avant que je n'investisse la cuisine pour y boire tranquillement mon unique café de la journée en lisant paisiblement le journal. Malheureusement, quand je suis descendue, une demi-heure plus tard, de quoi me mettre en retard au bureau, il trônait, mon journal, en feuilles dispersées sur la table. (Les nerfs, contrôle tes nerfs, me suis-je conseillé, intérieurement cela va de soi.) Maud au fourneau – vision insolite – préparait des œufs et du bacon. Elle s'est retournée, un sourire retenu sur les lèvres, et a lancé un « Chacune son tour » qui m'a laissée coite. « Vincent, je te présente ma mère », a-t-elle ajouté sur le ton d'une fille bien élevée. « C'est déjà fait, a-t-il répondu en déplaçant sa chaise pour me faciliter le passage. Votre fille prépare les meilleurs œufs brouillés en ville. » « Vous me l'apprenez », ai-je dit. Il a souri, a déplié les jambes et m'a tendu les feuilles du journal dans le désordre, tout ce que je déteste. « Les nouvelles sont bonnes ? » me suis-je entendue dire car la petite phrase empoisonnée de Maud me poursuivait. « Par définition, elles sont toujours mauvaises », a-t-il répliqué sur un ton trop docte à mon goût. Ma fille n'osait pas me regarder mais je sentais qu'elle triomphait. J'ai rajouté du lait froid dans mon café, afin de le boire plus rapidement, et je suis sortie comme on quitte un lieu où l'on était entré par erreur. Une fois dans l'auto, n'arrivant pas à me ressaisir, j'ai fait demi-tour et suis retournée à la maison. Maud n'allait pas s'en sortir si facilement. En ouvrant la porte, je l'ai surprise littéralement pendue au cou du grand blond. Elle s'est décrochée en m'apercevant. « T'as oublié quelque chose, maman ? » Elle jubilait, je l'aurais juré. « Oui », ai-je dit, trop saisie pour répliquer. En fait, elle me mettait échec et mat. Je suis remontée pour ne pas perdre la face davantage et, une fois là-haut, j'ai maugréé bruyamment. « Où donc est ce reçu ? » Ne lâchant pas prise, Maud m'a crié : « Je peux t'aider ? » J'étais comme une mouette dans une mare de pétrole. « Où est Albert ? » ai-je hurlé. « Il a dormi chez papa ou chez sa blonde, j'en suis pas sûre. » Albert a une blonde et il me l'a cachée. Je ne contrôle donc plus rien sous mon toit.

Louise m'a annoncé qu'elle vient de rompre avec son Japonais. « C'était à peine amorcé », lui ai-je fait remarquer. « Justement, j'aurai au moins réussi la rupture. » Drôle de phrase que je n'ai pas relevée. « Tu ne me demandes pas la raison ? » J'ai failli répondre non tellement elle brûlait de me l'apprendre. « Il n'arrive pas à conserver son érection. » Pour blaguer, et avant tout pour me donner une contenance, j'ai ajouté : « Sois plus précise. » Louise doit être perturbée car elle s'est lancée dans une explication où il était question de baisse de testostérone, de désir trop pressant qui débouche sur une incapacité technique et, le bouquet, d'un choc culturel, entendu que le corps d'une Blanche de taille moyenne supérieure, Louise tout craché, diffère de celui d'une Japonaise de même gabarit. Bref, Monsieur Kimono est mûr pour le Viagra mais, si j'interprète correctement ma surprenante amie, il appert qu'elle se refuse à des hommes qui comptent sur la pilule bleue pour lui procurer les plaisirs de l'arc-en-ciel. J'espère seulement que la fin de cette, à peine amorcée, relation n'entraînera pas une transformation de la décoration de son appartement zen. Elle m'a annoncé dans le même souffle qu'elle envisageait d'abandonner la pratique de la chirurgie dentaire pour se lancer dans la consultation auprès des compagnies d'assurances. « Je gagnerai davantage et je ne passerai plus mes journées à respirer des haleines à écorner les bœufs. » J'avoue que je n'avais jamais envisagé sa profession par le biais de la pollution de l'air.

« Et tes filles, qu'arrive-t-il avec elles ? » J'ai regretté immédiatement ma question car Louise, jusque-là enjouée, s'est refermée comme une huître. « Rose a abandonné ses études et, aux dernières nouvelles, elle se cherchait du travail sur la côte ouest. Quant à Juliette, elle s'occupe de Paul, donc persiste à ne plus me voir. Changeons de sujet, veux-tu ? » Nous avons donc choisi le dossier de l'heure, Rachel, et j'ai vu Louise se métamorphoser. Elle avait retrouvé son allant, sa curiosité et son besoin irrépressible de se mêler des affaires des autres. Avec Rachel, elle trouve chaussure à son pied.

Henri recommence à faire des siennes au bureau. Je mettrais ma main au feu qu'il a rencontré une jeunette.

Le démon de midi récidive. Les symptômes sont les mêmes qu'il y a quelques années sauf que lui a pris de l'âge et du poids. Donc, réapparition de vêtements mode et une coupe de cheveux exigeant un recours au gel et qui le fait ressembler à Clinton depuis qu'il a quitté la Maison Blanche. « Jeanne, notre image corporative a besoin d'un coup de balai », m'a-t-il dit le plus sérieusement du monde. Parce que tu t'es remis à tirer des coups, ai-je pensé, mais je n'ai pas développé. « Tu crois vraiment ? » ai-je dit, jouant la naïveté. « Les jeunes, Jeanne, les jeunes nous poussent dans le dos. » « Parle pour toi. » Ça je l'ai dit. A plusieurs reprises, un nouveau prénom, Paula, est apparu dans sa conversation. Paula est la plus récente acquisition d'un de nos compétiteurs préférés. Préféré parce que, lorsque nous soumettons des projets pour un même client, nous l'emportons la plupart du temps sur lui. Henri a croisé la Paula en question lors d'un déjeuner-causerie et, il l'assure, ils ont la même conception du métier. « Elle partage notre vision de la pub, nos valeurs sociales et, ça n'est pas à dédaigner, notre ambition expansionniste. » Pour mettre un terme à ce charabia, je l'ai interrompu brusquement. « Ta conclusion ? » ai-je demandé. Ça l'a saisi. « Bien, je m'interroge sur l'opportunité de l'intégrer à notre équipe. Évidemment, elle devra passer le test avec toi. Je mettrais ma main au feu qu'elle va t'emballer. » J'ai acquiescé de la tête sans mot dire. Henri marinait dans son jus. Je me suis remémoré sa dernière aventure alors qu'il avait transformé le bureau en agence de rencontres au moment même où Georges me tirait sa révérence. Non, Henri ne me rejouerait pas la grande scène. « Écoute, lui ai-je dit, tu as toujours apprécié ma franchise, n'est-ce pas ? » « Pas seulement ta franchise. » Il gagnait du temps car, je le connais, il appréhendait la suite. « Ai-je besoin de te faire un dessin ? » Son air piteux le trahissait. Or, j'avais envie de le coincer car de deux choses l'une : ou bien il me prenait pour une imbécile (possible) ou il l'était (assurément). Alors je n'allais pas mettre des gants. « Henri, tu peux t'envoyer en l'air comme bon te semble. Tu peux changer de vie personnelle, je comprends cela, mais, s'il te plaît, laisse ta Paula chez le compétiteur, elle servira doublement nos intérêts. D'abord en te donnant un coup de jeune et, par la même occasion, en t'informant sur l'oreiller des contrats de son agence. » Horrifié, il a tourné les talons. Si j'étais maléfique, j'informerais Renée, sa golfeuse épouse, qui ferme visiblement les yeux sur la nouvelle esthétique vestimentaire de son mari. Probablement qu'elle s'en moque ou qu'elle en a pris son parti. Voilà pourquoi elle ne vieillira pas seule, elle.

Je m'amende. J'ai accepté la seconde invitation de Pauline que j'ai transmise à Rachid. « Je ne suis plus confidentiel », a-t-il dit. J'ai ri. Il m'a effleuré la joue puis l'a pincée à la manière d'un gagnant. Ça m'a touchée. Cette semaine, j'ai dormi trois fois avec lui, un autre rythme s'installerait donc entre nous. La soirée chez Pauline et René m'a ravie et surprise. Je me sentais en couple et les caresses discrètes de Rachid devant eux ne m'ont ni rendue mal à l'aise ni irritée. A nos âges, les démonstrations d'affection sont rares et, dans le cas de vieux couples, sujettes à caution. Chez mes amis, la maison respire le bonheur. Ça sonne cucul mais ça repose de la mentalité cynique dans laquelle se vivent les effondrements amoureux. De nos jours, on se sent plus menacé par les gens heureux que ceux qui se déchirent. Personnellement, je suis mal placée pour faire l'apologie des bons sentiments puisque je contribue depuis quelques années à cette navrante démolition. On se défend comme on peut quand on souffre bêtement. Ça y est, je m'attendris. Cendrillon pointe le nez. A bas Disney.

Rachid a adoré nos hôtes qu'il a invités formellement sans me demander mon avis. Il occupe le terrain que je défriche, c'est de bonne guerre. « En te voyant si resplendissante, ce soir, j'en ai déduit que tu ne verrais pas d'inconvénients à ce que je les invite. Je me trompe ? » Nous étions dans l'auto. Il a allongé le bras vers ma cuisse et je lui ai facilité la tâche en me rapprochant. « Au volant, je dois garder la tête froide », a-t-il murmuré sans y croire.

J'ai décidé de manger en tête à tête avec les jumeaux. Depuis que Rachid a passé la nuit à la maison, Maud et Albert jouent à la cachette avec moi. « L'ordre du jour est chargé », leur ai-je dit une fois attablés tous les trois. Maud a haussé les épaules et Albert battait le rythme avec son pied, ce qui dénotait son degré de nervosité. Maud bien sûr a attaqué la première. « Ton ami va dormir ici souvent ? » « Plus que le tien », ai-je répliqué. « Ça part mal », a lancé Albert. Sa remarque m'a ressaisie. Qu'est-ce que cette mise en scène, me suis-je dit, où inévitablement nous allons nous affronter encore une fois ? « J'estime que vous n'avez pas à connaître et à partager ma vie intime même si nous vivons ensemble. » Je les observais tour à tour en parlant. Maud promenait son regard du plafond au plancher et Albert, le pauvre, tapait maintenant des deux pieds. « Rachid Tamzali est actuellement dans ma vie et je me sens bien en sa compagnie. J'ai l'intention de continuer à le voir et c'est pourquoi il m'arrivera de l'inviter à la maison désormais. » « A quel rythme ? » a lancé ma fille qui cherche toujours à en découdre avec moi. « Je n'ai pas à répondre à ta question et, de toute façon, ça ne te concerne pas vraiment », ai-je dit d'une voix qui se voulait la plus neutre possible. « Ça nous concerne parce qu'on est chez nous ici, autant que toi », a-t-elle lancé. « Tu as raison. Et toi, Albert, qu'en penses-tu ? » Le pauvre, il faisait pitié et priait sans doute pour que la conversation se termine. « Oh moi, j'en pense pas grand-chose. Chacun fait ce qu'il lui plaît. » Maud hochait la tête l'air de dire « Quel lâche ». « En tout cas, moi je vais pas me priver d'inviter Vincent. Et toi, Albert, je suppose que t'es trop mou pour affronter maman en amenant Amélie dormir dans ta chambre. » Albert se tortillait de gêne. « Ferme-la, Maud, ou tu vas me payer ça. » Je méritais ce que j'avais semé. Je cherchais maintenant un moyen de mettre fin à la discussion. Je me suis donc levée de table et suis descendue à la cave. J'entendais les jumeaux continuer leur échange de propos aigres. Je me disais qu'en buvant une bouteille exceptionnelle, nous fumerions symboliquement le calumet de paix. A la naissance des jumeaux, Georges avait acheté une caisse de bordeaux de leur millésime que nous gardions « pour les grandes occasions ». Ce soir, je décidai que c'en était une. Quand les enfants m'ont aperçue, la bouteille à la main, ils ont cessé leur chamaillerie. Maud, en découvrant l'étiquette, a sursauté. « Le vin de notre naissance. Mais on n'a rien à fêter. C'est du gaspillage. » « Au lieu de la boire, on pourrait la revendre. Ça vaut une petite fortune », a rajouté Albert. Ils me regardaient tous les deux, de ce regard qu'ont les enfants lorsqu'ils sont déroutés. « Nous allons boire à l'amour, mes enfants. A Rachid, à Vincent et à Amélie. » Albert s'est éjecté de table à la recherche de l'ouvre-bouteille pendant que Maud rangeait les verres de tous les jours pour les remplacer par ceux hérités de ma belle-mère. « Tiens, maman, a dit Albert en me tendant le tire-bouchon, si tu brises le bouchon, ça sera ta responsabilité. » « Ça dénote son caractère », a lancé Maud, incapable d'en rater une sur le dos de son frère. « Quelle belle robe », s'est écriée cette dernière en levant son verre. « Il a un nez de groseille et de confiture de framboise », a renchéri Albert. Ils en remettaient. Je les regardais s'exciter en me disant que vivre avec eux représentait, somme toute, un vrai bonheur, peu importait la suite car je n'ai aucune intention de laisser les enfants vivre en couple sous mon toit. De même que je ne vois pas Rachid installé avec nous. Les familles reconstituées, on repassera. D'expérience, je décrète que la vertu est l'ennemi du bien. J'imagine Maud à table répliquant à Rachid. Je la sais capable de le contester même en ophtalmologie. Quant à Albert, sa gentillesse nonchalante aurait tôt fait de tomber sur les nerfs de celui-ci. Mais pourquoi suis-je en train d'échafauder des plans d'avenir alors qu'il y a quelques jours encore, j'étais tentée de prendre de la distance avec Rachid ? Les propos de Rachel m'auraient donc secouée ? Non, décidément, je devrais réserver mon imagination à mon travail. Ça augmenterait mes revenus, une bonne chose compte tenu que nourrir le troupeau de copains des jumeaux défonce mon budget, et ça me protégerait

15

Louise est affirmative, God-David court à sa perte en envisageant le mariage avec Rachel. « C'est grâce à toi », ai-je pensé mais j'ai préféré glisser sur le sujet compte tenu que cette rencontre fut à l'origine de notre brouille. En fait, Louise répugne à l'idée que le futur marié consente à y laisser le prépuce. « On s'insurge contre l'excision et l'infibulation, alors explique-moi comment on peut accepter pareille intervention sur les hommes. On est au XXIe siècle, bon Dieu ! » « J'ignorais que tu militais dans l'association pour la conservation intégrale du pénis », ai-je commenté. Ça l'a enragée davantage. Elle soutient même qu'il existe une discrimination à l'égard du sexe masculin en Occident et que les pratiques barbares des musulmans et des juifs qui appartiennent à la nuit des temps devraient être bannies de nos sociétés. « La symbolique est le signe ultime de la civilisation. Ça ne t'a jamais frappée qu'on mangeait l'hostie plutôt que le corps du Christ. » Elle me fixait l'air de dire : que réponds-tu à ça ? Incapable de résister, j'ai lancé : « A-t-on le choix ? Il est monté au ciel trop vite. » Elle s'est raidie et j'ai compris que mon humour tombait à l'eau. « Tu veux que je te dise, Jeanne, depuis que Georges s'est tiré, intellectuellement tu as décliné. Impossible d'avoir une conversation sérieuse et structurée avec toi. T'es une vraie girouette. Tu parles comme tes annonces publicitaires, avec des formules et pas de fond. Si tu n'y prends pas garde, tu risques de radoter plus vite que prévu. Le cerveau c'est comme les muscles, faut le faire travailler. » J'ai encaissé puisque je l'avais cherché. Et pour être franche, je crains que Louise n'ait pas complètement tort. Il m'arrive de plus en plus fréquemment d'éprouver des difficultés à me concentrer. De fait, je ne lis plus que des romans inscrits sur les listes des meilleures ventes, des biographies de gens célèbres, la Callas étant la dernière en date. Moi qui dévorais les essais philosophiques, les ouvrages de sociologie et les livres d'histoire, je me trouve indigente. La gravité et le sérieux me pèsent. Me distraire, voilà tout ce que j'ai recherché depuis que Georges n'est plus à mes côtés.

Pour revenir à Louise, je la soupçonne d'envier Rachel et se ficher du prépuce de God-David. J'admets que ses arguments contre la circoncision ne sont pas dénués de vérité mais je crois qu'à ce moment-ci de sa vie, elle cherche plutôt à défendre les hommes pour éviter de les détester. C'est fou comme les femmes ont tendance à juger les hommes selon leur expérience du moment. L'attitude de Paul, le silence de ses anciens amants et la semi-impotence de son Mikado l'ont plongée dans le ressentiment. « Je ne nie pas le bien-fondé de tout ce que tu m'as balancé par la tête, lui ai-je fait remarquer, mais explique-moi ce qui te motive vraiment à prendre la défense de God. » A ce stade de notre échange, elle avait, à ma grande surprise, car ce n'est pas son habitude, ingurgité la quasi-totalité d'une bouteille de saké. « Tu veux le savoir ? » – Oh, cette agaçante façon qu'elle a de créer le suspense – « Eh bien, je l'ai eu comme amant et il a le pénis le plus parfait qu'on puisse rêver. Ça me tue de penser que Rachel s'apprête à le mutiler. » J'étais K.O. ! Non seulement elle est hystérique mais elle est fourbe. Oublie-t-elle qu'elle a voulu me le refiler pour ensuite le jeter dans les bras de Rachel ? « Ça te laisse sans voix ? » elle a ajouté, me voyant silencieuse. « Je n'ai plus de mots, en effet. » Et j'ai pris congé d'elle avec soulagement.

Albert a voulu s'assurer de mon intention de me rendre en Alaska avec lui cet hiver. « Et ton Amélie ? » « Voyons, maman. A mon âge, entre une fille et un voyage, le choix ne se pose même pas. » Pas de raison de me réjouir car son raisonnement s'applique aussi, je le suppose, à l'Inde. J'évite de l'aiguiller sur ce terrain miné car l'énergie pour le convaincre me fait défaut. Encore une fois je m'enfouis la tête dans le sable. Et plus les semaines passent, plus j'espère. J'ai pénétré à nouveau dans sa chambre, je ne m'en vante pas, afin de découvrir de nouveaux indices d'une préparation quelconque. Aucun nouveau guide, ni de cartes géographiques, ni de littérature indienne. Le beau fixe. Je l'ai donc inondé de bouquins sur l'Alaska pour faire diversion. « Voyons, m'a-t-il dit, tu jettes ton argent par les fenêtres. On part en voyage, on prépare pas un examen. » Du coup j'en déduis qu'il envisage d'aborder l'Inde dans le même esprit. Rien pour me tranquilliser l'esprit.

Claire organise un autre dîner de femmes auquel je n'ai pas le courage de me décommander. En me rapprochant de Rachid, j'ai tendance à prendre moins de plaisir à la compagnie des femmes abandonnées, trahies ou déçues par les hommes. Je considère qu'en la matière, j'ai donné. Mais laisser tomber Claire représenterait une trahison encore plus grande. Loyauté oblige, John ne lâchant pas prise, je me fais un devoir de la soutenir de crainte qu'elle ne cède à nouveau. Surtout qu'effondré, il joue au martyr avec elle. Il lui a même fait le coup de l'infarctus. Sans prononcer le nom, simplement en mettant constamment la main sur son cœur en parlant. « T'es psy, donc tu n'es pas dupe du fait qu'il cherche à te culpabiliser », j'ai rétorqué. « Je sais aussi que les maladies surviennent quand le moral s'effondre », a-t-elle répliqué. « Si tu persistes, lui ai-je dit, t'es cuite. A quoi ça te sert d'être psychiatre ? » « A aider les autres, pas moi. » Quoi répondre ?

J'ai retrouvé chez elle ses copines médecins Irène et Odette, de même que Louise, Rachel et Hélène dont le cœur balance actuellement entre un Timorien et un Cubain. Je trouve que, dans ce dernier cas, Hélène s'éloigne singulièrement de l'exotisme auquel elle nous a habituées. Je ne pouvais m'empêcher de me sentir à distance de toutes ces femmes, même de Rachel la fiancée. Lorsqu'elle a annoncé son intention de convoler en portant un toast au mariage, la stupéfaction se lisait sur les visages. Pourtant, Odette venait de débourser cinq mille dollars à une agence de rencontres d'Atlanta qui se spécialise dans l'accouplement de célibataires prospères et socialement en vue. « La directrice de l'agence garantit que les clients qu'elle nous présente sont tous millionnaires, libres et hétérosexuels. » « Do they fuck ? » a demandé Rachel, égale à elle-même. « C'est à vérifier », a répondu Odette, déclenchant les éclats de rire. Incrédule, j'ai poussé l'interrogatoire plus avant pour apprendre qu'Odette avait reçu l'après-midi même une liste de cinq candidats potentiels parmi lesquels un avocat de Boston, un ex-sénateur de l'Idaho et un financier du Nouveau-Mexique. Ce dernier, plus diligent que les autres ou plus pressé, allez savoir, avait mis à sa disposition un billet d'avion pour Albuquerque. « Que se passera-t-il ? » lui a-t-on demandé. « J'apporte mes rollers et des bouquins au cas où je serais déçue. Et je visiterai la ville. Quarante-huit heures, c'est bien suffisant pour évaluer un homme. » Je riais avec les autres devant la folie débridée d'Odette, en même temps cette quête désespérée du mâle à tout prix m'attriste. Est-ce l'âge ou l'époque qui rendent les femmes si monomaniaques, si douloureuses et si fragilisées ? Soudain, j'ai eu envie de retrouver Rachid. Je me suis donc levée de table pour l'appeler. Aucune réponse. Que sa voix trop neutre dans le répondeur. Où donc est-il ? J'ai éprouvé un pincement au cœur. Ça m'a secouée. « Tu as une contrariété », a lancé Louise quand je suis revenue dans la salle à manger. « Elle est en amour, a renchéri Hélène. Et j'en suis responsable puisque c'est chez moi qu'elle a rencontré son beau docteur Rachid. » « Rachid Tamzali ? » a crié Irène la gynéco. Je voulais rentrer sous la table et surtout ne rien entendre de ce qu'elle se préparait à dire. « Je le croise à l'hôpital. Toutes les femmes sont à ses pieds depuis qu'il est veuf mais aucune n'a encore réussi à l'amadouer. Le mystère s'éclaircit. » Et elle m'a félicitée le plus sincèrement du monde, comme si j'avais accompli un exploit. « Tu vois, a lancé Louise à Odette, il y a des chanceuses qui les décrochent gratuitement. » Je me suis terrée le reste de la soirée. Ainsi, toutes les femmes ont les yeux posés sur Rachid. Dois-je être flattée ou me mettre à paniquer ? En tout cas, ce n'est pas avec Georges que j'éprouvais des émotions de ce genre.

Henri décidément s'enfonce dans une histoire qui a la configuration des sables mouvants. La Paula, dont je sais maintenant qu'elle a vingt-neuf ans, qu'elle est sans attache ni enfant, se présente à l'agence sans la moindre gêne deux ou trois fois par semaine et elle s'enferme dans le bureau avec mon associé revampé. La présence de Rachid dans ma vie explique sans doute l'élasticité de ma tolérance. Henri, obnubilé par les simagrées érotico-flagornantes de la minette attardée, perd de vue les intérêts de l'entreprise, se livre en pâture aux employés aucunement dupes des manœuvres de Paula et se prépare un post-coït à le faire vieillir prématurément. A moins, et je ne l'écarte pas, qu'il disjoncte complètement et fasse sauter son ménage. Seul indice de ma dernière hypothèse, Renée sa douce moitié, qui ne montre jamais le bout du nez au bureau, s'est présentée inopinément hier en fin de journée et s'est enfermée chez son mari. Pour m'amuser, j'ai appelé Henri sur sa ligne privée : « Paula n'est pas là. Tu l'as échappé belle. Ta visiteuse actuelle aurait du mal à se laisser convaincre par elle que notre image corporative a besoin d'être dépoussiérée. » « Oui, c'est un dossier important. Je m'en occupe », a-t-il dit, le ton affairé. « Renée est en forme ? » ai-je demandé, trop heureuse de le faire mariner dans son jus. « Très en forme », a-t-il répondu d'une voix doucereuse.

« Transmets-lui mes amitiés », ai-je conclu. Je préfère en rire tellement tout cela est lamentable.

J'ai invité Rachid à dîner à la maison avec les enfants. Maud, la formaliste, a déclaré : « Je n'y vois aucun inconvénient » et Albert, le gentil, a dit : « C'est une bonne idée, maman. On va apprendre à le connaître. » J'étais nerveuse, et quand c'est ainsi je rate les plats. Ça n'a pas manqué. Le rôti a carbonisé, les pommes de terre purée avaient la consistance de la colle – surutilisation de la moulinette – et la tarte au sirop d'érable, préparée de mes blanches mains – « tu te mets en frais », avait remarqué Maud –, était trop liquide. Qu'importe. Le château-margaux, une bonne année mais pas exceptionnelle, je n'allais pas faire de l'esbroufe, a vite détendu l'atmosphère et je confesse que les jumeaux m'ont épatée. Maud en particulier, charmante tout à coup, enjouée, bref irrésistible. Quant à Albert, il s'est lancé dans un échange avec Rachid sur la construction des pyramides, qui m'a fait rougir de plaisir. D'où lui vient donc cette culture « architecturale » ? « Tes enfants sont des jeunes gens fort civils, m'a dit Rachid. Pas étonnant quand on connaît les qualités de la mère. » Je n'ai pas cru bon d'ajouter « et du père » mais je le pensais. Tiens, c'est la première fois que je reconnais des vertus à Georges depuis la séparation. Décidément, mon métabolisme se modifie. J'aime mieux croire à la chimie de mon corps qu'analyser mon moi. Seigneur, l'inconscient me joue des tours. J'oubliais que c'est le métier de Georges, chimiste.

Après mûre réflexion, Rachel a décidé de se marier le dimanche de Pâques, jour de la Résurrection. Tant mieux, c'est préférable à la mort de Jésus le vendredi saint. Il lui reste donc quelques mois pour les préparatifs de l'événement qu'elle espère « breathtaking ». La cérémonie religieuse se déroulera à la synagogue et c'est une rabbine de sa connaissance, on est libérale et féministe jusque dans la Foi, qui officiera. God-David passera au bistouri le mois précédent et elle me jure qu'il n'appréhende pas le rituel. J'en doute fort. Rachel m'a confié qu'il tait ce « détail » à ses enfants et son entourage, mais malheureusement pour lui la promise déborde de reconnaissance et le raconte à tout le monde. Personnellement, je serais curieuse de connaître la durée de la convalescence et les risques de l'intervention. « Tu l'aimerais toujours s'il se retrouvait impuissant ? » lui ai-je demandé à moitié badine. « I think you're beginning to be obsessed by sex, a-t-elle répliqué. L'influence de Rachid, je suppose. » De sa part, la remarque s'interprète comme un compliment. Pour des raisons obscures, à mes yeux du moins, Rachel souhaite un mariage grandiose où elle prévoit d'inviter plus de trois cents personnes. « Tu seras en blanc ? » Je posais la question croyant connaître la réponse. Eh bien oui, elle s'offre la totale et compte même se rendre à New York pour trouver sa robe, façon de s'assurer qu'aucune mariée en ville ne lui ressemblera. Elle a tort de s'inquiéter. Le contraire est impensable. « Et David, ai-je dit, il aime l'idée d'un si grand mariage ? » « He loves me so much, he wants me to be happy. Tu organises tout et je serai là, was his statement. He's cute. » J'ai souri avec effort. Cet homme me mystifie. Tout de même étrange de se laisser entraîner dans une mise en scène digne d'Hollywood où, j'imagine, le marié ne connaîtra pas les trois quarts des invités. Rachel parle toujours de *son* mariage, jamais de *notre* mariage ; le choix des mots n'est pas innocent. Tant que Rachel resplendira comme maintenant, je considérerai que cette union est réussie, chacun y trouvant son compte. Mais je persiste à douter parfois de la sincérité du sentiment de David pour ma chère Rachel. Évidemment, restent la circoncision et la conversion au judaïsme. Si ça n'est pas l'amour qui l'explique, Rachel se prépare à verser des larmes de sang d'ici quelques années. Et alors elle rejoindra les rangs des pleureuses vieillissantes, esseulées et, qui sait, peut-être détroussées. Mais d'où me viennent donc ces terribles pensées ?

J'ai passé une soirée semi-ratée avec la mère de Georges, semi-ratée parce que la pièce qu'on avait choisie, *Les Précieuses ridicules*, était jouée en langue populaire et en costumes modernes. Les héroïnes en survêtement, les héros en jeans, les sacres et les « Ferme ta gueule », on repassera. Par contre, quel plaisir que de placoter avec une belle-mère si vivante, qui se moque de ses légers malaises, rit de bon cœur des petits vieux qui lui tournent autour et critique le gouvernement, son sport préféré. « Vous auriez dû vous lancer en politique au cours de votre vie. » « Ma fille, j'aurais dû d'abord m'envoyer en l'air, pour parler comme les jeunes. Si je commence à m'installer dans les regrets, je ne passerai pas l'hiver. Ça va être embêtant pour la famille parce que vous ne pourrez pas m'enterrer à cause du gel. » Elle riait à gorge déployée, à la fois de ce qu'elle disait et du fait qu'elle m'obligeait à la laisser parler de sa propre mort. Elle projette un voyage en Toscane l'été prochain, Florence, Assise,

Parme, Luca. « Je pourrais vous accompagner », lui ai-je dit. « Je ne vais pas vous imposer une vieille nomade comme moi. Je me joins à un groupe. Partir seule n'est plus de mon âge. Vous voyez, Jeanne, on finit toujours par donner raison à ses enfants. L'important c'est de conserver le contrôle sur le moment où l'on cède. Se faire déjouer par le temps, c'est la définition que je donnerais de la mort à quatre-vingt-quatre ans. » La conversation m'a donné envie de parler de ma mère. J'en éprouve rarement le besoin. Récemment, j'ai rêvé d'elle sauf qu'aucun détail ne m'est revenu, une fois éveillée. Mais je me suis abstenue avec ma belle-mère. Je n'ai même pas été capable de lui dire à quel point je l'aimais, et que l'idée qu'elle me quitte me hantait. Noyée de tristesse, je me serais jetée dans ses bras, j'aurais éclaté en sanglots. Mais rien de cela ne s'est produit. Je l'ai reconduite chez elle, l'ai embrassée sur les joues – elles tombent, la sensation est curieuse sur les lèvres – et, une fois seule dans la voiture, j'ai pris conscience que les faibles geignements que j'entendais sortaient de ma gorge.

En garant l'auto le long de la maison, je me suis étonnée que les lumières du salon soient allumées. Je suis entrée rapidement, vaguement inquiète. Albert et Vincent encadraient Maud, étendue sur le canapé, les deux bras dans le plâtre. En me voyant, elle a éclaté en pleurs. « Je me suis cassé les poignets en dégringolant de l'escabeau. Je ne peux même plus faire pipi toute seule. J'avais tellement hâte que t'arrives. » « Viens, mon bébé », que j'ai murmuré. Et elle m'est tombée dans les bras.

16

En quelque sorte, j'ai repris possession du corps de ma fille. Les premiers jours, en la baignant, j'éprouvais le même émoi qu'à sa naissance lorsque avec précaution je la savonnais doucement. « Tu es belle », lui ai-je dit. « Mes seins sont trop hauts, mes cuisses pas assez longues et j'ai hérité de tes gros orteils. Albert, lui, les a effilés comme ceux de papa. La nature est mal faite. » Ce n'est pas l'incapacité momentanée de se servir de ses bras qui va lui modifier le tempérament, ai-je pensé en m'abstenant de répliquer. Je suis frappée aussi de constater que la gêne n'existe pas entre nous puisque je dois même l'accompagner à la toilette. « Ça ne te dégoûte pas ? » Elle semblait étonnée. Or ce qui m'a surprise davantage fut de constater avec quel abandon elle se laissait prendre en charge. Je crois même que, les premières journées, son peu d'effort à se débrouiller par elle-même témoignait du plaisir qu'elle retirait à régresser. « Maman, ça me démange dans le dos à gauche, sous l'omoplate. Gratte, gratte plus fort. » « Maman, j'ai soif, pourrais-tu me faire boire ? Eh, pas trop vite. » « Maman, j'ai froid, m'aiderais-tu à passer ma veste de laine ? » Cent fois par jour j'ai exécuté ses ordres, interrompant toute activité. Pas question d'aller au bureau, pas question non plus d'engager une garde-malade, Maud ne voulait pas en entendre parler et moi non plus.

Le soir, les copains rappliquaient, à genoux devant elle, et je devenais inutile, sauf pour les allers-retours à la salle de bains. J'ai donc évalué son talent de manipulatrice séductrice. D'où tient-elle ce trait ? Pas de Georges qui manipule mais en culpabilisant l'autre plutôt qu'en le cajolant comme le fait sa fille. Au bout de quatre jours, j'en ai eu marre. Non pas de caresser son corps, de la huiler de la tête aux pieds, de peigner ses cheveux et de crémer sa figure, mais plutôt de me rendre compte que notre intimité disparaissait dès l'arrivée de ses amis à la maison. Elle me traitait alors comme une étrangère payée pour s'occuper d'elle. Le premier soir où je suis sortie pour retrouver Rachid, elle m'a fait une scène semblable à celle que je subissais quand elle était petite. J'ai eu droit aux larmes, aux supplications : « Si t'es pas là et que je tombe par terre ? » « Tes amis te ramasseront. » « Et si j'ai besoin d'aller aux toilettes ? » « Retiens-toi jusqu'à mon retour. » « Et si tu arrives trop tard pour me donner mon bain avant que je dorme ? » « Je te laverai demain. Tu demanderas à Albert de te rafraîchir la figure et de te brosser les dents. » Et je me suis quasiment sauvée, trop heureuse de mettre fin à cet échange grâce à l'arrivée de son Vincent. J'ai même souhaité, sans l'exprimer à haute voix, qu'il dorme à la maison pour prendre le relais. Et ta position de principe sur le couchage des jolis cœurs sous ton toit ? me suis-je sermonnée moi-même. Sois souple, évolue, adapte-toi, me suis-je entendue répondre, tout étonné.

Rachid insiste avec délicatesse mais insiste tout de même afin que je l'accompagne à Boston, centre réputé en ophtalmologie, pour un congrès où il présente une communication. « La nuit porte conseil », lui ai-je murmuré lorsqu'il s'est approché de moi d'une façon câline dont j'ai vite appris à décoder l'intention. Bizarre que le désir repasse toujours par les mêmes gestes, la même gravité dans le regard, la même inflexion dans la voix. Je sais donc le moment où il me désire. Et lui, que décrypte-t-il ? A quoi reconnaît-il mon excitation ? Est-ce inscrit sur ma peau, dans mes yeux, autour de ma bouche ? Avant de perdre pied, je me sens fiévreuse, toujours. Pendant l'amour, Rachid me souffle des mots à l'oreille contrairement à Georges qui restait muet. J'ai même oublié si Georges gémissait en jouissant. On fait l'amour des milliers de fois avec un homme et un jour, le flou recouvre toutes ces heures de caresses, de baisers, de soupirs. Ne reste que l'idée de ces gestes et encore.

Je me suis soutirée du lit de Rachid pour aller retrouver mon handicapée non sans avoir promis d'accompagner ce dernier dans le Massachusetts. Nous descendrons en voiture car il insiste pour me faire découvrir une auberge dans le New Hampshire. Je n'ai d'abord pas osé demander laquelle car, à la description qu'il m'en a faite, je mettrais ma main au feu qu'il s'agit du Deer's Inn où nous allions, Georges et moi, en escapade les rares fois où je consentais à faire garder les jumeaux quand ils étaient petits. Par crainte de me retrouver dans cette auberge et qui sait, dans la même grande chambre avec cheminée et piano, j'ai posé la question à Rachid. Évidemment, il s'agit du même endroit. « Tu connais ? » a-t-il demandé, vaguement inquiet, car j'ai eu du mal à cacher mon malaise. « J'en ai entendu parler », ai-je menti. « Ça ne m'étonne pas

153

puisqu'il s'agit d'un endroit tout à fait romantique et rempli du charme de la Nouvelle-Angleterre. » « Tu y es allé souvent ? » Il m'arrive de parler trop vite. « Quelquefois », a-t-il répondu. Était-ce avec l'épouse ou une maîtresse ?

Car on sait que les hommes ne s'embarrassent pas comme nous de liturgie sentimentale. Moi, ça va me gâter le voyage. J'irai donc le rejoindre à Boston en avion, mon travail m'offrant tous les prétextes pour modifier mes plans à la dernière minute. Par ailleurs, je persiste à manquer d'enthousiasme devant ses projets qui en même temps m'attirent et me rendent réticente. Plus je connais Rachid, plus il m'échappe. Du déjà-vu avec Georges. Se pourrait-il qu'un jour mon docteur me largue sans préavis et sans que j'aie pressenti la catastrophe ? Alors il serait encore temps de le fuir. De me consacrer exclusivement au travail, au bénévolat auprès de l'association des inconscients affectifs ou de tout quitter pour un tour du monde à bicyclette. Rachid ne pose jamais de question sur mon passé, sur mes amies, sur mes angoisses ; il ne prête aucune oreille attentive à mes états d'âme, c'est peu dire que l'épanchement tourne court en sa compagnie. Heureusement que les Louise, les Rachel et les Claire existent.

J'ai croisé cette dernière en accompagnant Maud à l'hôpital ce matin. Ma fille hurlait depuis la veille, convaincue que des poux s'étaient introduits dans le plâtre de son bras droit. C'est en psychiatrie que j'aurais dû la faire examiner et non en orthopédie où elle s'est fait rembarrer par un jeune médecin qui l'a éconduite un peu rudement à mon goût, même si je trouve son attitude hystérique. « Prenez une broche à tricoter et entrez-la dans le plâtre », lui a-t-il conseillé en lui prescrivant un calmant. Elle l'a regardé avec dédain et lui a lancé : « Si la gangrène se développe, on vous poursuivra. » Il a blêmi et je n'étais qu'à moitié offusquée par sa remarque. Dans la voiture, au retour, elle s'est adoucie. « Tu sais, maman, je pense que mes démangeaisons ont disparu. Ça devait être nerveux. Si t'étais gentille, tu m'amènerais au restaurant. Ça me remonterait le moral. » « D'accord, ai-je dit, et je suppose que tu as déjà fait ton choix ? » Elle a souri, avec une gêne feinte, et j'ai fondu. « Ne dis rien, j'ai deviné. » Et je me suis dirigée vers le vieux quartier où se situe un des restaurants les plus dispendieux de la ville. « T'es vraiment une bonne mère », a-t-elle décrété en enchaînant sur un autre sujet pour éviter qu'une émotion trop forte flotte entre nous deux. Lorsqu'on s'est attablées, elle a commandé un carré d'agneau (plus de travail pour moi) et s'est laissé nourrir à la fourchette sans manifester le moindre intérêt pour ceux qui nous regardaient, attendris par la scène.

Claire me préoccupait. Je l'avais trouvée fuyante à l'hôpital si bien que, le soir même, je l'invitais à dîner à la maison. Elle est arrivée avec du retard, ça n'est pas son genre, et les mains vides, pas son habitude non plus. Pendant le repas, en compagnie des enfants et de leur moitié, la famille s'agrandit ou se rapetisse au gré des amours, Claire s'est peu exprimée ; elle était visiblement ailleurs. « Ça ne va pas, je mettrais ma main au feu », lui ai-je affirmé dès que l'on s'est retrouvées seules au salon. Elle a hésité, m'a dévisagée, a soupiré comme si elle n'arrivait pas à trouver la force de parler et j'ai entendu : « Il est possible que je sois atteinte d'une maladie mortelle. » Mon cœur s'est mis à battre mais j'ai réussi à contenir la panique. Ça y est, me suis-je dit, c'est la première à tomber. « Je passe des batteries de tests. On pense au cancer des ovaires avec métastases au cœur. Cela expliquerait ma péricardite. » « Qu'est-ce que c'est ? ai-je demandé avec un agacement qui masquait, en fait, mon effondrement. Tu parles à une profane, utilise des termes compréhensibles. » Je retardais l'explication car j'appréhendais la suite. « On m'a découvert une tumeur sur chaque ovaire et en même temps une inflammation du péricarde, la membrane qui enveloppe le cœur. Cette inflammation pourrait indiquer la présence de métastases au cœur. C'est extrêmement rare. On m'enlève les ovaires dans quelques jours. On découvrira alors si c'est cancéreux. » Plus que la description de ce qui pouvait s'abattre sur elle, c'est la fatalité avec laquelle elle expliquait son état qui m'affolait. Les maladies nous tombent dessus lorsque le moral s'effondre, j'avais bien retenu sa leçon d'il y a quelques mois. « Je compte sur ta discrétion, a-t-elle continué. Il n'y a que John qui soit au courant. Après l'opération, si c'est positif, j'en informerai ma famille et mes amis. » Sa métastase au cœur, c'est John, ai-je pensé, mais je me suis bien gardée de lui faire part de mon diagnostic personnel. Et j'aurai du mal à garder ce lourd secret.

Avant de me mettre au lit, après son départ, je me suis surprise à prier mentalement. Vieux réflexe de mon enfance catholique. J'irai aussi allumer des lampions la veille de l'opération, le pari de Pascal, rien à perdre tout à gagner, me semblant toujours valable. A ce propos, les jumeaux sont-ils croyants ? De nos jours, la religion est devenue plus taboue que le sexe et l'argent, ce qui explique sans doute que je n'ai jamais eu de discussion avec eux sur Dieu, la vie, la mort. Albert, initié par son père à la spiritualité orientale (oh là là, je progresse dans l'ouverture d'esprit), doit sûrement s'interroger. Quant à Maud, son pragmatisme l'éloigne sans doute de ces spéculations. A mon avis, la différence est mince entre croire et espérer croire. C'est pourquoi j'ai fait baptiser les enfants, ce que m'a reproché Maud un jour. « Quelle idée de m'avoir imposé tes croyances. » « Pour établir une continuité entre mon enfance et la tienne. » « C'est exactement contre ça que je me bats », avait-elle répliqué. Albert, lui, s'était moqué de sa sœur. « Je suppose que l'eau du baptême te brûle encore le front. » Sur le plan religieux, j'ai raté l'éducation des enfants ; par légèreté, par manque de conviction et probablement par pudeur. La foi me paraît relever avant tout de l'intimité. Les rares fois où j'entre dans une église, j'espère toujours qu'elle sera vide ; l'idée que quelqu'un me voie me dérange.

Peut-être suis-je dans le déni mais j'ai du mal à imaginer Claire en danger de mort. Des tumeurs bénignes aux ovaires, quoi de plus banal. Par contre, nous avons toutes atteint l'âge où les malaises se compliquent et s'aggravent, comme si une première élimination nous guettait. Claire, sans être hypocondriaque, est portée à exagérer les problèmes physiques pour contrebalancer sa tendance à atténuer les dérèglements psychologiques, les siens et ceux des autres. Enfin, j'ai bien conscience que cette confidence me renvoie à ma propre vulnérabilité. Elle aujourd'hui, moi demain. Si seulement le choc de cet aveu me permettait de cesser de m'empoisonner la vie en ressassant le passé alors qu'un homme intelligent, libre, raffiné et apparemment sous mon charme, tente de m'entraîner dans une histoire plus permanente. Je serais donc devenue semblable aux Alcooliques Anonymes dont la devise est : vingt-quatre heures de sobriété à la fois. Qu'est-ce que j'ai à me comporter comme si l'amour était aussi toxique que l'alcool et créait autant de dépendance ? En posant le problème en ces termes, il m'apparaît que c'est effectivement identique.

J'ai allumé des cierges, des lampions, j'ai prié et la veille de l'opération, après avoir visité Claire, ah, la voir ainsi pâle, amaigrie par l'inquiétude, calée au fond de son lit, je suis retournée à la maison en pleurs. Pendant la nuit, je me suis éveillée toutes les heures et, le lendemain matin, j'ai bu café sur café, ce qui m'a provoqué palpitations et nausées. John, à la demande de Claire, que sa volonté soit faite, m'a téléphoné une fois l'intervention terminée et les tumeurs analysées. « Claire, négatif », criait John dans le combiné. Trop énervée, je l'ai fait répéter. « Négatif, tu veux dire pas de cancer ? » « C'est exact », a-t-il répondu en éclatant en sanglots. Il l'aime, c'est clair, il manque de couilles mais il l'aime. Alors j'ai pleuré avec lui. Pas longtemps, car il s'est ressaisi. « Je retourne auprès d'elle. » « Pour la vie ? » ai-je eu envie d'ajouter.

Un peu plus tard, j'ai reçu un coup de fil de Rachel. « J'avais juré de garder le secret mais figure-toi que Claire a été opérée ce matin » et voilà qu'elle me raconte l'histoire. Chère Claire. Quelques minutes à peine s'étaient écoulées que Louise rappliquait. Je l'ai interrompue sur-le-champ. « Comment le sais-tu ? a-t-elle dit ahurie. Elle m'avait assuré que j'étais la seule à qui elle se confiait. » Claire nous avait donc placées sur le qui-vive, chacune dans le secret, vivant une angoisse impossible à partager. Pourquoi a-t-elle agi de la sorte ? Pour éviter d'être l'objet des conversations et pour tester la discrétion de chacune. C'est l'interprétation de Louise. Pour ma part, je crois plutôt qu'en nous enfermant avec elle dans la peur, elle nous obligeait à vivre plus intensément son drame. Bref, le coup était tordu mais peu m'importait. Elle l'avait échappé belle et nous de même. Je me rappelais la réflexion récente de ma belle-mère : « Une des pires choses, en vieillissant, Jeanne, c'est de voir tous nos amis mourir les uns après les autres. A toutes les funérailles auxquelles on assiste, on se dit la prochaine fois, ce sera peut-être les miennes. » Avec Claire, je venais d'avoir un avant-goût de ce qui risquait de m'arriver plus tard. Moi aussi je vieillissais.

La nuit après l'opération, dans les bras de Rachid, je n'ai plus résisté à rien et j'ai même oublié ses soupirs. « Tu es une femme de feu, a-t-il dit après. Serai-je à la hauteur encore longtemps ? » Il souriait mais je me rendais compte qu'il me fallait le rassurer. Ce qui fut fait plus promptement que prévu. Merde, il faut vivre !

17

Une semaine complète de maternage, j'ai donné. Ma belle-mère m'a donc trouvé une aide pour s'occuper de Maud. Je lui souhaite bonne chance. Il est temps aussi que je reprenne le contrôle du bureau. Travailler chez soi représente peut-être un must pour les sociologues du travail mais rien ne remplacera jamais la présence. Henri a beau me décrire l'atmosphère merveilleuse du bureau, quoi de mieux pour m'en convaincre que de l'avoir en face de moi ?

Paula s'accroche à lui ou le ferre, cela dépend de la conception qu'on se fait de la séduction entre les sexes et des rapports de force qu'elle suppose. Personnellement, je crois que Paula (c'est mon expérience de pêcheuse) ne l'a pas hameçonné mais harponné. A grosse proie, gros leurre. Toujours est-il qu'Henri, emporté par un sirocco de changement, ressent le besoin impératif, c'est son expression, de rajeunir encore une fois et nos méthodes de travail et notre approche du client et notre « philosophie créatrice ». En l'écoutant m'expliquer avec un sérieux qui ne masque rien d'autre que son désir obsessionnel de jeunisme pour plaire à la poulette qui n'est pas grise du tout, je constatais que personne n'est à l'abri du pathétique. « Non, lui ai-je redit, Paula ne représente pas un acquis indispensable pour l'entreprise. » Trois de nos collaborateurs ont moins de trente ans et, de plus, je les considère parmi les plus doués de la relève dans notre monde de la pub. Henri n'en démordait pas. Alors je suis sortie de mes gonds et lui ai balancé toutes les insultes que m'avaient inspirées les crétins croisés sur ma route depuis les cinq dernières années. A vrai dire, j'ai perdu les pédales. Je suis maintenant morfondue de honte et Henri, lui, était terrassé. Je l'ai même menacé de tout raconter à Renée. « Tu veux nous mettre à la rue elle et moi », lui ai-je lancé par la tête. Nous étions dans son bureau et l'atmosphère est devenue si intolérable qu'il est sorti en trombe et m'a laissée en plan. Je me suis écroulée dans un fauteuil, les tempes battantes et les étourdissements soudains m'ont indiqué que ma tension artérielle avait dangereusement monté. Après de longues minutes, je me suis rendu compte que j'avais fait subir à Henri la scène que je n'avais jamais osé faire à Georges. Et moi qui reproche à mon associé de confondre son travail et sa vie personnelle. Quelques heures plus tard, je recevais un bouquet de roses blanches. « Personne ne séparera ce qui nous unit », c'était signé : « Henri, cet homme qui aime trop ». J'ai souri malgré moi. Le lendemain matin, je déposais sur sa table de travail un pot, grand format, d'une crème antirides « pour hommes actifs », précisait l'étiquette.

Les voies du Seigneur sont impénétrables. Maud a décidé de poursuivre ses études en sciences. « Je n'aurais jamais pensé que s'occuper d'un enfant pouvait être si prenant », m'a-t-elle dit sans que je comprenne le sens de ses propos. Or, l'enfant dont elle parlait, c'est elle. « J'ai admiré ta patience, maman. Surtout que je peux être chiante des fois. » J'en suis restée bouche bée.

Je me reconnais parfois quelques qualités, le talent d'organiser par exemple. J'ai réussi à fixer une réunion à Toronto le jour où Rachid comptait partir pour Boston. Alors je l'ai rejoint là-bas et l'accueil auquel j'ai eu droit valait tout le New Hampshire. Trois jours de grâce avec lui, trois jours sans aucune friction, sans contrariété, une attention permanente, l'amour l'après-midi, l'école buissonnière, disait-il en riant. Et cette fierté sur son visage chaque fois qu'il me présentait à des confrères. Bref, j'ai vécu tout ce qui ne se passe plus dans les romans. Je suis donc ébranlée tout en me laissant porter. J'entends déjà Rachel ou Louise en train de m'engueuler, de railler mon attitude ambivalente et cette espèce de paralysie qui m'empêche de me projeter dans l'avenir, non pas que je doute de ma capacité d'être heureuse avec Rachid mais je crains que, lassé un jour de mes yeux, il en découvre, de sa position privilégiée, des plus troublants. Quant à mon corps, dont il ne cesse de louer la beauté, celle entre autres de mes « petits coussins » aux hanches et sur le ventre, ces rondeurs qui m'enragent, je ne miserais pas sur lui dans les années à venir pour assurer la fatalité de ma séduction. Les maudites hormones alimentent les bourrelets et, comme je n'ai aucune intention de manger des carottes crues au lieu des frites et des bajoues de morue pochée plutôt qu'une blanquette de veau, il y a peu de chances que les coussins s'affaissent. Or, j'estime qu'un couple qui a traversé sans crise majeure les décennies accepte plus facilement les détériorations physiques de l'autre que deux partenaires (n'est-ce pas le vocabulaire des échangistes) qui décident d'unir leur destinée à l'aube de la cinquantaine. Lorsque j'ai exposé ma théorie à Rachel, elle m'a expliqué que les jeunes couples de vieux, qualificatif qui s'appliquera à nous dans le futur, batifolent sexuellement – ce ne sont pas ses mots à elle, si crus qu'ils me font parfois rougir – avec cet avantage de les rendre plus préoccupés de leur corps. « Les vieux couples vieux s'en foutent, affirme-t-elle, puisqu'ils ne baisent plus ensemble depuis des lunes. » Elle semble très au courant des mœurs des couples mais je soupçonne que son expérience s'appuie sur les témoignages de ses clients, lesquels justement divorcent. « Tu généralises, lui ai-je fait remarquer. Écoute-moi bien. Quand, dans un couple de notre âge, l'homme ou la femme se met à perdre du poids, à s'entraîner et à changer de coiffure, les chances sont élevées qu'il y ait un amant ou une maîtresse terré quelque part. »

Le besoin créant l'organe, John est revenu dans la vie de Claire que je ne trouve pas plus épanouie pour autant. La convalescence l'éprouve car la solitude lui pèse et ses patients lui manquent. Ça doit être encourageant d'entendre à longueur de journées des gens dont les problèmes sont plus compliqués que les nôtres. Je m'efforce de faire un saut chez elle plusieurs fois par semaine mais j'évite d'y croiser John. L'amitié implique qu'on n'ait point en odeur de sainteté les hommes à cause desquels nos amies souffrent. Par contre, l'expérience m'a enseigné que chacun y trouve son compte. « It takes two to tango », ne l'ai-je pas déjà dit à Claire ?

Rachid m'a offert un bracelet en argent, joli, mais, un peu large pour mon poignet. Je me suis réjouie devant lui mais à vrai dire, la surprise plus que l'objet m'a fait plaisir. Si Maud est chiante, elle a de qui tenir. En fait, je suis affligée d'une incapacité congénitale à recevoir un cadeau sans réticence. Un parfum, je le refile automatiquement à une autre, une bouteille de vin, je tique sur le millésime ou la région viticole, des fleurs que j'aime recevoir, les couleurs me déçoivent. C'est plus fort que moi, je n'arrive pas à m'amender. Désir de contrôle pour éviter l'angoisse de l'inconnu, dirait Claire. Qu'importe l'explication puisque le malaise persiste. Par contre, offrir me comble. J'y pense à l'avance, me mets en frais pour trouver l'objet et je suis prête à perdre une heure simplement pour choisir l'emballage le plus surprenant. J'ai déjà offert à Maud une bague cachée dans un carton destiné à un appareil de télé. Plus je surprends le récipiendaire, plus mon excitation est grande. Mes cadeaux les plus précieux, je les donne en dehors des périodes prévues à cet effet. Pour Noël, les anniversaires, Pâques, la Saint-Valentin, j'offre des cadeaux courants, sans plus. Ma mère nous surprenait toujours avec ses cadeaux qu'elle offrait au gré de ses humeurs bizarres. Les mauvaises surprises survenaient à l'occasion de nos anniversaires qu'elle oubliait ou à Noël alors qu'au réveil, le 25, nous découvrions atterrés, mon frère et moi, que tous nos présents avaient été ouverts pendant la nuit et que les décorations du sapin avaient disparu. J'ai gardé les jumeaux dans l'ignorance du passé de leur grand-mère, ne livrant que des bribes amusantes d'épisodes plus tragiques. Encore aujourd'hui, quand il leur arrive de me questionner sur mon enfance, je reste vague, distraite, sachant que toute précision entraînerait d'autres questions pour en arriver inévitablement à la fin de la vie de ma mère. Y penser m'écrase et je me sens incapable de partager ce poids avec mes propres enfants. Je suis prête à tout pour leur éviter de vivre la peur de la folie, ce sentiment aux contours incertains de basculer dans un monde d'ombres et de vide dans lequel j'ai failli sombrer à l'adolescence. Ça y est ! Je recommence à broyer du noir. C'est la proximité du Temps des Fêtes qui déclenche ces mauvaises pensées, pour parler comme les curés de mon enfance. Afin d'en changer, rien de mieux que de me retrouver avec Louise.

Elle me désarçonne celle-là. Son engouement pour les nipponneries s'accentue malgré la sortie de Monsieur Mikado de sa vie. Elle projette un voyage au Japon car non seulement les bonsaïs l'attirent mais elle ne rêve que de théâtre nô, ces drames lyriques et traditionnels qui durent dix heures d'affilée. Son endurance ne me surprend qu'à moitié compte tenu du temps qu'elle a mis avant de donner congé à son époux parfait. J'ai encore une fois tenté de lui parler de sa fille Juliette mais elle m'a signifié une fin de non-recevoir. Je ne doute pas qu'elle soit terriblement affectée par cette rupture. « Parle-m'en, lui ai-je dit. Tu vas te rendre malade avec cette histoire. Tu ne peux pas souffrir en silence comme une bête. » Elle m'a fixée comme si elle hésitait sur la pertinence qu'il y avait à me répondre. « Jeanne, y a beaucoup de choses qui t'échappent dans le comportement humain. Je vais sans doute te choquer mais, de la même façon qu'on cesse d'aimer un homme, on peut cesser d'aimer un enfant. Avec Juliette, c'est ce qui se passe. » « Je ne te crois pas », ai-je répliqué. « Tant pis », a-t-elle conclu. Je persiste à ne pas la croire. Autrement, j'aurais peur d'elle et pour elle.

J'ai croisé David sans Rachel dans un restaurant chinois meilleur que le boui-boui qui sert de cantine à cette dernière. Nous étions mal à l'aise tous les deux. Il sent certainement que je réserve mon jugement sur son engouement apparent pour Rachel. Il la joue condescendant avec moi, voire persifleur. Rien pour me faire changer d'idée sur la sincérité de son sentiment amoureux. Lorsque je les vois ensemble, je m'efforce de m'en convaincre, sans doute pour ne pas jouer l'oiseau de malheur. Mais seule avec lui, mon instinct reprend le dessus. C'est homme n'est pas net, il joue l'aisance, pousse la familiarité trop loin, exprime l'amitié avec enflure. « Je t'ai vue de dos, je croyais que c'était une jeune fille », s'est-il exclamé en m'abordant. « La flatterie ne te mènera nulle part », ai-je répliqué avec le sourire qu'on se colle à la face pour une photo. Comme il n'est pas idiot, ma réaction ne lui a pas échappé. Et en voyant mon regard se porter sur son poignet, il n'a pas raté l'occasion. « Tu admires le dernier cadeau de Rachel. Elle me gâte. Je ne sais pas si je le mérite. Qu'en penses-tu ? » « Tu es le seul à pouvoir répondre à cette question », ai-je dit sur un ton aigre-doux qui correspondait aux plats servis autour de nous. A son tour, il s'est obligé à sourire et même à rire. Ses « Ah, ah, ah » sonnaient faux à mes oreilles et j'aurais juré à cet instant que l'envie de me gifler le démangeait. Tout le temps du repas, installé à quelques tables de la mienne, il n'a cessé de m'observer à la sauvette. Est-ce possible que Rachel la futée, l'avocate cynique, vive dans l'aveuglement avec God-David ? Les orgasmes qu'il lui procure à répétition, si je l'en crois, risquent de lui coûter un jour la peau des fesses.

La nuit dernière a été rock and roll. J'ai été éveillée par un bruit de chute suivi de cris assourdis. Je me suis précipitée dans le corridor et j'ai reconnu les gémissements d'Albert avant de l'apercevoir roulé en boule au pied de l'escalier. J'ai descendu les marches deux par deux et je l'ai soulevé sans réussir à le mettre sur pied. « Où as-tu mal ? » ai-je crié. « Partout », a-t-il répondu dans un râle. « Je vais appeler le 911. » « Non, non, maman, j'ai rien de cassé. » Et pour me le prouver, il s'est relevé péniblement en s'appuyant à la fois sur la rampe et sur mon épaule. C'est alors que j'ai respiré son haleine de saoulot. Il a caracolé jusqu'à l'entrée de la cuisine et, là, il s'est effondré de nouveau. « Va-t'en, je vais vomir », a-t-il eu le temps de dire avant que les spasmes ne le forcent à se plier en deux et à vomir sur le plancher. « Va-t'en », répétait-il entre deux jets. « Qu'est-ce que tu as bu ? je lui demandais à la fois énervée et fâchée de le voir dans cet état. Tu as mélangé alcool et drogue, j'imagine. » « Arrête, maman, arrête », réussissait-il à dire entre deux déglutitions. Je m'activais autour de lui avec de l'essuie-tout pour ramasser les dégâts mais il me suppliait. « Non, non, j'ai honte ; j'ai tellement honte. Laisse-moi je vais nettoyer. Va te recoucher. » « Pas question », je répétais. En fait, je craignais qu'il s'étouffe, qu'il perde connaissance, qu'il se blesse en voulant se relever mais, en même temps, je l'aurais giflé s'il n'avait pas été si mal en point. Après avoir expulsé jusqu'à ses tripes, il s'est étendu de tout son long sur le sol en murmurant à répétition. « J'ai honte, j'ai tellement honte, plus jamais ça va m'arriver. » Agenouillée à ses côtés, je lui épongeais le front avec une douceur retrouvée parce qu'il s'abandonnait à moi, qu'il ne souhaitait plus que je le quitte et qu'il s'excusait encore et encore comme la fois où je l'avais découvert, à neuf ans, la main dans mon portefeuille pour me piquer un dollar avec lequel il comptait s'acheter des cartes de joueurs de hockey.

Après un temps qui m'a paru court du fait que je caressais son beau visage sans qu'il résiste, je l'ai aidé à regagner son lit. « Qu'est-ce qui s'est passé pour que tu te sois mis dans un tel état ? » lui ai-je demandé. « Rien », a-t-il répondu en se détournant et en ramenant la couverture par-dessus sa tête. Je me suis levée pour sortir et j'avais la main sur la poignée de la porte quand j'ai entendu un sanglot étouffé. Revenant vers lui, je me suis assise de nouveau à son chevet. « Parle, ai-je dit, tu peux tout me confier, tu le sais bien. » Il a roulé son grand corps de mon côté, m'a enlacée en tremblant et je l'ai entendu hoqueter à travers ses larmes : « Amélie m'a quitté. Elle prétend que je suis trop possessif. Elle dit qu'elle veut sa liberté. » Et il s'est remis à pleurer de plus belle. Une peine d'amour arrosée d'une cuite. Pauvre Albert, me suis-je dit. Et la petite imbécile qui le trouve trop possessif. Mais que veulent donc les filles ? Des machos indifférents qui les laissent libres pour mieux l'être ? « Pleure, mon amour, je suis là, ça va passer. Tu vas en rencontrer une autre. » « Mais c'est elle que j'aime. Tu comprends pas ça ? » Il s'appuyait sur un coude et me regardait, blême d'avoir vomi et en larmes. « Allez, dors, ai-je insisté, tu veux un peu d'eau ? » « Oui, s'il te plaît », a-t-il répondu en s'étendant de nouveau. Quand je suis revenue auprès de lui avec le verre d'eau, il dormait la bouche entrouverte. J'ai de nouveau éponger son front humide et je me suis penchée pour l'embrasser. Il a grogné et m'a repoussée de la main. Comment une mère peut-elle protéger son fils des autres femmes sans l'étouffer du même coup ? Réponse s.v.p.

18

Hier soir, j'ai prétexté un début de migraine, pas original comme excuse, mais ça marche à tous les coups, pour ne pas dormir chez Rachid. Bon prince, il m'a offert de me raccompagner mais j'ai insisté pour retourner seule à la maison. A sept heures ce matin, avant d'entrer en salle d'opération, il m'a téléphoné afin de prendre de mes nouvelles. Dans un demi-sommeil, j'ai failli demander pourquoi. J'avais oublié mon excuse. Je me désespère d'agir ainsi. Ça m'a prise pendant que nous mangions hier soir. Je me suis mise à imaginer la suite de la soirée comme un film vu et revu dont on connaît le déroulement séquence par séquence. Le frôlement sur mon épaule au moment où, se levant de table, il retirait le saladier annonçait au retour un baiser à la hauteur du cou. J'allais tourner la tête vers lui et nos lèvres se rencontreraient. Il dirait : « Tu es si désirable que je vais tenter de résister jusqu'à la fin du repas. » Puis nous allions passer au salon, où il se servirait un cognac, en précisant « eh oui, je reprends une tradition paternelle » et ensuite, après la dernière gorgée, on se lèverait ensemble, lui éteindrait les lumières pour ensuite me retrouver dans la chambre à coucher. Je m'étendrais probablement sur le lit tout habillée ou je commencerais à me déshabiller moi-même. C'est alors qu'il me caresserait doucement en commençant par le sein gauche. La suite, je la connaissais aussi par cœur, sauf pour les soupirs dont je ne peux jamais prévoir le moment. Hier soir donc, pour la première fois, la peur de l'ennui d'après l'amour et, pire, de l'ennui pendant l'amour m'a paralysée. J'ai fui sous la menace d'un danger. Si je ne quittais pas Rachid sur-le-champ, je ne voudrais plus le revoir.

Aucun indice précis ne me permet de comprendre l'état lamentable dans lequel je surnage. L'émotion envahissante du début de notre rencontre a fait place à une espèce de lassitude qui filtre mon désir. Plus Rachid s'installe dans la relation, plus je dois m'efforcer de paraître enthousiaste. En fait, plus il s'attache, moins il m'attire. L'indifférence de Georges me manquerait-elle ? Rien que d'y penser me déprime. Et il est hors de question que je consulte un psy. A cinquante ans, on est plus près de la mise en terre que de la remise en question. Reste Claire. Par les temps qui courent elle a suffisamment de travail à faire sur elle-même pour que je dépose sur ses épaules affaiblies mes états d'âme calamiteux. Donc, je vis en quelque sorte en résidence surveillée mais par moi-même. Pas de quoi me réjouir.

Et Noël qui approche. Cette année, contrairement aux années passées où les jumeaux se partageaient entre leur père et moi à Noël et au jour de l'an, Maud m'apprend que Georges souhaiterait une réunion familiale reconstituée. J'ai failli m'évanouir quand elle me l'a appris. Je me vois en fée des étoiles, le bébé de Georges dans les bras, ou embrassant l'épouse parfumée à l'extrait de vanille en récitant la formule éculée : « Mes meilleurs vœux de bonheur à Hermance-Octavien, à Georges et à vous, chère Annette. » Au secours ! « Ton père rêve en couleurs », ai-je dit à Maud qui a paru vexée. « Ton côté borné reprend le dessus. J'aurais cru que le fait d'avoir un amoureux te détendrait. Ça semble pas le cas », a commenté ma fille. « Laisse ma vie privée en dehors de ce problème. Je ne crois pas à la réunification des familles avec les ex autour de l'arbre de Noël. » « Pauvre maman, personne ne croirait qu'à vingt ans, t'étais peace and love et que tu t'es retrouvée à Woodstock. » Albert est arrivé sur ces entrefaites. Depuis qu'Amélie l'a largué, je le trouve amaigri, triste et sa fragilité m'arrache les larmes. Je ne crois pas qu'il s'en rende compte mais il a recommencé à embrasser sa sœur chaque fois qu'il entre et repart de la maison. Je m'interdis toute démonstration d'affection envers lui qui trahirait mon inquiétude mais il me préoccupe. Il s'enferme dans sa chambre et, contrairement à ses habitudes, il reste des heures sans descendre à la cuisine pour explorer le frigo. Ses copains ont déserté la maison et depuis une semaine pas une seule fois il n'a emprunté l'auto. « Il lèche ses plaies, a commenté Maud dans son style brutal des mauvais jours. Pour une fois que c'est un garçon qui casque », a-t-elle rajouté pour me provoquer. « Tu devrais avoir honte de parler de ton frère comme ça. D'autant plus que tu tombes dans les lieux communs. Je te pensais plus intelligente et plus sensible. » « Raconte-moi pas d'histoire, t'as toujours considéré Albert plus brillant et plus sensible que moi. » Elle recommençait son cirque, alors j'ai quitté la pièce. Si je voulais alimenter sa jalousie jusqu'à la fin de ses jours, je referais mon testament en laissant quelques dollars de plus à Albert. Lorsqu'elle se montre odieuse comme aujourd'hui, je confesse que j'ai envie d'appeler le notaire. En fait, si j'avais à définir la relation avec ma fille, je la qualifierais de moralement harcelante. Des deux côtés, évidemment.

Ça y est, Paul s'est trouvé une consolatrice qui est quasiment installée chez lui. Une autre dentiste – vive Freud – mais de dix-sept ans sa cadette – bienvenues les trentenaires. Louise l'a appris de la bouche d'un confrère charitable qui ne se doutait pas qu'elle réagirait si mal compte tenu qu'elle avait pris l'initiative de la rupture. Car elle grimpe dans les rideaux et ne décolère pas. J'ai tenté en vain de la calmer en lui rappelant ses récriminations à l'endroit de Paul mais en vain. Contre toute attente, elle qui ne voulait plus de son mari, ne supporte pas qu'une autre femme se l'approprie et, qui plus est, vive entre les mêmes murs et s'installe dans ses meubles. « C'est toi qui l'as voulu, je n'ai d'ailleurs jamais compris ta décision de te débarrasser de tout : le mobilier, la vaisselle, la coutellerie et même tes photos. » « Tu te souviens que dans nos cours de religion on nous parlait de la purification par le feu ? Eh bien, ça m'a toujours fascinée. Tout laisser derrière avait un peu le même sens. Sauf qu'il est impensable qu'une autre femme vive dans mes affaires. Je considère que Paul commet une sorte de sacrilège. Ça m'obsède. J'ai même envie de consulter un avocat pour récupérer une partie du contenu de la maison. » Elle perd la tête, me suis-je dit. « Mais ces meubles vont détonner dans ton appartement zen. » « C'est évident et j'y ai pensé. Je vais les donner aux pauvres, tout simplement. » « Tu vas donc te payer un avocat et te battre avec Paul pour du bois, du verre, de l'acier inoxydable et du rembourrage que tu vas refiler à d'autres ? » J'avais haussé la voix sans m'en rendre compte tellement sa réaction me stupéfiait. « Ne m'engueule pas comme ça, Jeanne. Y a des choses qui sont sacrées à mes yeux. Paul refait sa vie, grand bien lui fasse, mais qu'il s'achète un nouveau mobilier. » Devant l'inutilité de poursuivre la discussion, j'ai prétexté un rendez-vous chez le coiffeur pour m'éclipser. En sortant de l'ascenseur, j'ai buté contre Rachid qui venait en coup de vent chercher, j'ai oublié quoi. Il a paru troublé, non, plutôt gêné de me voir. « Tu arrives de chez ta belle-mère », a-t-il dit, mais ça n'était pas une question. « Non », ai-je répondu sans préciser. « De chez Louise alors ? » « Peut-être », me suis-je entendue répondre. Pourquoi ce jeu avec lui ? Sans doute à cause de sa gêne. Et s'il me trompait, ai-je pensé. Si une femme l'attendait voluptueusement allongée sur le canapé beige du salon, celui où je m'étends moi-même ? « Je t'inviterais bien à boire un café (il sait fort bien que je n'en prends qu'un le matin) mais je repars sur-le-champ », s'est-il senti obligé de préciser. « Je suis en retard moi aussi », ai-je dit pour ne pas être en reste. Je sens qu'il me cache quelque chose. Il s'est approché, m'a effleuré les lèvres et m'a serré le coude, une autre de ses habitudes. Il n'a pas dit : « Appelle-moi sur mon cellulaire », il a ajouté : « Je te téléphone dans l'auto. » Alors je suis perplexe. Non, c'est faux, je suis jalouse. Je mettrais ma main au feu qu'il y a une femme là-dessous. Eh bien, cette fois, je prends les devants. Je ne réponds plus. Comme le Manitoba de la bande dessinée de mon enfance. Exit Rachid Tamzali.

Dans l'auto j'ai résisté quand mon cellulaire a sonné.

Je suis sûre que c'était lui parce qu'à trois reprises consécutives, la sonnerie s'est déclenchée. Si j'étais une mère irresponsable, je disparaîtrais durant quelques jours. Je me rendrais à l'aéroport et je sauterais dans le premier avion pour New York, Washington, Toronto, peu importe. Je m'enfermerais dans une chambre d'hôtel, commanderais du room service et m'abrutirais de télé. Pas de téléphone, pas de travail, pas d'obligation et surtout le désir qu'on s'inquiète de mon sort, jusqu'à signaler ma disparition à la police. A bien y réfléchir, je préférerais disparaître après l'avoir annoncé de sorte que mes proches s'alarment tout en étant assurés que je ne sois pas morte. Je voudrais surtout ébranler leur conviction de me connaître. Qu'ils se questionnent sur ma vraie nature. Qu'ils finissent par admettre leur aveuglement à mon sujet. On s'est trompé sur Jeanne, on a surestimé sa force, son équilibre, sa légendaire bonne humeur. Je voudrais qu'ils concluent que je leur ai échappé. A mon retour, je pourrais alors lire dans leur regard de la fascination, de la perplexité et de la gêne, et pourquoi pas de la crainte.

Je suis plutôt retournée au bureau, en sotte routinière que je suis. En fin de journée, j'ai acheté du homard pour faire plaisir à Albert et je me suis dirigée vers la maison que j'ai trouvée vide. Dans le vestibule, Maud avait laissé une note m'informant qu'elle rentrerait après minuit et qu'Albert découchait. J'ai sorti les trois crustacés verts que j'ai déposés sur le comptoir de la cuisine et je les ai observés. Ils se déplaçaient, les antennes en l'air, en rabattant leur queue qui faisait un bruit sec sur le marbre. Le téléphone a sonné à plusieurs reprises mais je ne pouvais détacher les yeux de ces bêtes qui se dirigeaient inexorablement vers leur chute. Après que le troisième eut chuté sur les autres déjà au sol, j'ai appelé Louise. Elle était absente. Je me suis rabattue sur Claire. Elle attendait la venue de John. Rachel, elle, s'apprêtait à se rendre au concert avec David. Rester seule avec ces bestioles, pas question, me suis-je dit à haute voix. J'ai composé le numéro de Rachid. « J'arrive dans une demi-heure », a-t-il répondu tout joyeux. J'ai lancé les homards dans l'eau bouillante, sans remords mais sans pavoiser. Rachid revenait dans ma vie en ignorant qu'il en avait été chassé durant quelques heures. Décidément, je suis imprévisible même à mes propres yeux.

Georges n'en démord pas. Il insiste pour que j'accepte son invitation du réveillon de Noël. Il en est à son troisième coup de fil. « Ton ami sera le bienvenu. Ça me fait plaisir de le connaître, les enfants l'estiment beaucoup », a-t-il cru bon de me dire. Tiens, je n'aurais pas imaginé Albert et Maud décrivant les qualités de Rachid à leur père. J'ai l'air de me laisser convaincre d'un appel à l'autre mais ma décision est irrévocable : je ne mettrai pas les pieds dans la demeure de mon ex et son Annette que je n'ai jamais croisée. Maud prend évidemment le relais de son père et il ne se passe pas une journée sans qu'elle fasse une allusion au réveillon. Elle dit : « Quand tu vas ouvrir mon cadeau, tu vas capoter », ou « Annette prépare un supergâteau aux fruits mais sans trop de rhum parce que je l'ai avertie que t'en raffolais pas », ou plus sournoisement : « Ça va te faire drôle de passer le réveillon avec Rachid et sans nous. » Albert reste silencieux. D'ailleurs sa morosité s'accentue. Il s'efforce, à table, de participer à la discussion mais, dès que le sujet devient personnel, il se referme comme une huître. Hier, pendant qu'on regardait un film tous les deux, je lui ai pris la main, qu'il a retirée sur-le-champ de peur que, devant mon attendrissement, il n'arrive plus à contenir son propre chagrin. Allez donc expliquer à un garçon de dix-huit ans que les peines d'amour nous plongent dans les émotions les plus intenses, les plus violentes et les plus marquantes de notre vie, le bonheur hélas n'étant qu'un puissant anesthésique duquel on ne tire aucune leçon.

Rachid souhaite inviter mes amies à l'occasion des Fêtes. Je devrais lui en être reconnaissante mais, tordue comme je suis, je ne peux m'empêcher de penser qu'il cherche à s'imposer dans ma vie en annexant mes proches. Il était donc dépité quand j'ai émis des réserves. « La plupart sont seules, lui ai-je fait remarquer. Tu seras entouré de femmes. » « J'ai quelques confrères, plus ou moins célibataires, qui n'attendent qu'une invitation. Sait-on jamais, certains couples pourraient se former ? » « Je ne t'imagine pas en entremetteur », ai-je ajouté. « Tu as tort. Depuis notre rencontre chez Hélène, j'en connais l'efficacité », a-t-il précisé, tout souriant, l'air taquin. « Tu insinues qu'Hélène m'avait invitée pour toi ? » « Pas tout à fait. Elle m'avait simplement prévenu que toi et deux autres invitées étiez à la recherche de l'âme sœur. Je t'ai donc choisie à ton insu. » Il était redevenu joyeux. Allez, laisse-toi attendrir, me suis-je ordonné. Cesse de briser ses élans. J'ai fait quelques pas vers lui et, lorsqu'il m'a tendu les bras, j'ai enfoui ma tête au creux de sa poitrine. « Ton cœur bat vite », ai-je murmuré. « Il est temps que tu cesses d'en douter, Jeanne. » J'ai compris par ces quelques mots que Rachid souffrait de mes atermoiements qui ne lui échappaient pas, contrairement à ma sotte conviction, et que sa patience ne devait plus être mise à l'épreuve longtemps. On n'ambitionne pas sur le pain bénit, disait ma grand-mère paternelle. Qu'est-ce que je voulais exactement ? Une seule réponse me venait à l'esprit : ne pas souffrir. Dans ce cas, je devrais quitter Rachid. Or l'idée même me broie le cœur. Une épave, voilà ce que je suis, une épave.

A propos du réveillon chez Georges, ma belle-mère, qui y assiste, me conseille de suivre mon instinct. Quant à Rachid, pas question de l'impliquer dans cet imbroglio psycho-socio-familial. De toute façon, il réveillonne avec des amis et je ne me sens pas d'attaque pour rencontrer la communauté chrétienne d'Alexandrie transplantée chez nous, n'étant pas une disciple fidèle d'Hélène. La mère de Georges est une sage, alors je penche toujours pour m'abstenir de chanter *Minuit chrétien* avec la chorale familiale. Maud considère que je suis mûre pour suivre une thérapie. Albert, lui, me comprend, il me l'a d'ailleurs dit, mais pas devant sa sœur, et Georges a cessé de me téléphoner après que je lui ai demandé de m'expliquer les motivations inconscientes de son désir de se retrouver sous le même toit avec ses deux femmes. Je réveillonnerai donc avec Louise qui en profite pour inviter de nouvelles connaissances attirées comme elle par les plaisirs nippons. Je l'ai cependant prévenue : je ne mettrai pas les pieds chez elle si les sushis remplacent la tourtière et le bœuf teriyaki le pâté à la dinde. A Noël, il est important de retrouver son folklore pour supporter le multiculturalisme le reste de l'année. Privée de la présence des jumeaux, sans assister à la messe et sans homme, durant cette nuit divine je crains d'avoir le sentiment de l'émigrée loin de sa patrie et de ses repères rassurants.

On expédie des hommes dans l'espace, pourquoi n'invente-t-on pas la pilule du Temps des Fêtes ? On s'endormirait le 24 décembre pour se réveiller le 2 janvier. Pas de nostalgie, pas de souvenirs, donc pas de douleur. Évidemment, pas d'éblouissement possible. Pas d'espérance non plus. Oh ! Je m'arrête avant de devenir ou lyrique ou totalement misanthrope.

19

Quelle idée stupide d'avoir refusé d'accompagner
Rachid ! Le réveillon chez Louise s'est révélé un fiasco
complet, chaque convive donnant l'impression d'être
là faute d'avoir été invité ailleurs. J'ai bu plusieurs
coupes de champagne d'affilée pour oublier cet entourage constipé et, à minuit et cinq minutes, je suis rentrée à la maison, j'ai allumé l'arbre de Noël multicolore
et j'ai pleuré des larmes rouges, bleues, vertes et jaunes
en m'apitoyant sur mon sort déprimant de mère esseu-
lée et dépouillée de ses enfants. J'ai même téléphoné
sur le cellulaire de Rachid et, Dieu merci, il était fermé.
En ouvrant l'œil le lendemain, je me suis juré, malgré
les élancements dans mon crâne, que jamais plus je ne
vivrais la nuit de la naissance divine en la confondant
avec celle de son agonie. C'est donc à Noël, en voyant
la neige tomber, que j'ai pris la décision d'inviter mes
amis et tous les esseulés de la ville, la veille du Nouvel
An. Je quitterai l'année entourée de mes enfants, de
leurs copains, de ma belle-mère, de Rachid et de tous
ceux qui appréhendent ce passage. J'ai téléphoné à
Hélène et, après le Joyeux Noël de circonstance, je l'ai
invitée à amener avec elle des nouveaux arrivés au pays
qui auraient sûrement le mal du leur. « Combien ? »
a-t-elle demandé. « Une dizaine, la maison est

grande. » « J'en trouve vingt dans l'heure qui suit », a-t-elle répliqué. Va pour une vingtaine, je me suis dit, on est cosmopolite ou on ne l'est pas.

Si la réussite du Jour de l'An s'évalue au nombre d'invités et à l'intervention policière, ce fut un triomphe. La police a dû faire dégager les voitures stationnées au milieu de la rue à cause des bancs de neige et l'officier m'a invitée à réduire le son de la musique multiforme qu'on entendait à un kilomètre à la ronde. Les adultes ont bu, dansé et chanté avec les jeunes qui initiaient certains d'entre eux aux joies des joints et de la danse tribale, Louise a brisé une lampe torchère en dansant avec elle, Rachel a passé la nuit la main sur la cuisse de God-David pour s'assurer, je suppose, que personne ne tentait de le convaincre d'éviter la circoncision, Claire s'est consolée dans les bras d'un Togolais qui la suivait à la trace grâce aux plumes noires qui s'envolaient du boa enroulé autour de son cou, Henri m'a promis larmoyant que, l'andropause aidant, il calmerait ses pulsions de telle sorte qu'elles n'auraient plus d'incidence sur notre entreprise et Rachid, après m'avoir soustraite à la foule, m'a entraînée dans ma chambre. Une fois la porte fermée à clé, il m'a obligée à toutes ces bassesses auxquelles les femmes rêvent de consentir avec un homme aimé et décidé. Je ne doute pas que sa fougue ait été émoustillée par les coupes aux bulles magiques mais j'admets que débuter l'année prise au piège annonce des matins qui chantent et des grands soirs. A l'aube, la cohorte disparue, le sapin seul scintillait encore. La maison nécessitait un ménage de printemps mais je m'en fichais bien, au chaud, allongée aux côtés de Rachid qui dormait en ronflant doucement, son bras autour de ma taille. Maud avait gardé Vincent auprès d'elle et Albert s'était envolé pendant la nuit avec une beauté aux yeux mauves et au teint laiteux, un peu trop âgée pour lui à mes yeux. « Ne t'inquiète pas », m'avait-il glissé à l'oreille en partant. Son sourire réapparu effaçait mes craintes. Cette fille qui annonçait un bon quart de siècle lui ferait oublier qu'Amélie, la crétine, ne l'aimait plus. Et qui sait, resterait-elle assez longtemps dans sa vie pour le détourner du continent indien ? Aux douze coups de minuit, parmi mes résolutions, celle de respecter le choix de mon fils venait en tête. Celle de tenter de l'influencer également.

Depuis mon refus d'assister à son réveillon, Georges ne donne plus signe de vie par téléphone. Il m'écrit. Pour m'informer qu'il désapprouve le projet de voyage de Maud en Floride chez les parents de Vincent (moi, j'approuve) et pour me sensibiliser au peu d'intérêt qu'Albert porte à ses études depuis que la nouvelle flamme est atterrie dans sa vie (qu'en sait-il ?). Il m'a aussi demandé si l'horloge grand-père, héritage de son oncle et qu'il avait cédé à Albert, était encore en état de marche, notre fils lui ayant laissé entendre qu'il n'y tenait pas vraiment. « Je la récupérerais à moins que tu t'y opposes mais ton refus serait inacceptable », m'a-t-il écrit noir sur blanc. J'ai réagi subito presto. J'ai loué les services d'une compagnie de déménagement le jour même où sa lettre me parvenait et j'ai expédié ladite horloge hideuse, deux fauteuils à bascule qui dégageaient encore l'odeur de cigare de ses ancêtres et des caisses de dossiers poussiéreux qui dataient du temps de ses études en biochimie directement à son domicile. Dans l'heure qui suivit, il se manifestait au téléphone, la voix blanche, pour m'indiquer que ces douzaines de boîtes encombraient sa résidence (croyait-il qu'elles décoraient la mienne ?) et que les fauteuils, j'aurais dû m'en rendre compte, étaient inutilisables sans rembourrage, lequel coûterait une fortune. J'ai raccroché après avoir si bien joué l'idiote qu'il fut incapable de m'injurier à son goût. Je crois qu'il serait temps que je mette fin à ces vengeances minables pour lesquelles je n'éprouve plus, après coup, autre chose que de la honte. J'entre dans la quatrième année de la séparation et, si j'étais sincère, j'admettrais que le pire est passé.

Claire reprend du poil de la bête avec Léon l'Africain, chauffeur de taxi pour gagner sa vie mais médecin de formation en voie de passer les examens qui lui permettront d'exercer chez nous. Elle a recommencé à jouer la Mère Teresa auprès des amis, ce qui m'amène à conclure que l'effet togolais est plus bénéfique que celui des antidépresseurs. Du coup, elle a réussi à mettre John dans tous ses états et je suppose qu'il s'appuie à son tour sur l'industrie pharmaceutique pour compenser son incapacité à rompre avec sa merveilleuse épouse suicidaire. Je crois bien que c'est la première fois (à moins qu'elle ne m'ait caché la vérité, je n'exclus plus cette possibilité, étant devenue une sceptique pratiquante) que Claire fréquente sans remords un autre homme depuis que John va et vient dans sa vie. « Est-ce possible que le fait que Léon soit noir et étranger te donne le sentiment de ne pas tromper John le Blanc ? » lui ai-je demandé. « C'est ce qu'on appelle de l'interprétation sauvage », a-t-elle répondu en riant de bon cœur. Je lui ai conseillé de vérifier auprès d'Hélène si Léon n'avait pas trois épouses dispersées sur des continents divers. « C'est ça aussi la mondialisation », ai-je ajouté. Enfin, l'important est qu'elle ait retrouvé son côté tordu d'empathique si attachante. A son insu, j'ai communiqué mes craintes à Hélène au sujet de Léon. « Il est divorcé, a-t-elle dit, mais il envoie tout ce qu'il gagne à sa famille en Afrique. » Heureusement que Claire n'est pas friande de diamants ni même de perles d'eau douce.

Albert découche trop souvent à mon goût. Sa vieille Mélanie, qui en fait n'a que vingt ans mais à cet âge les filles ont tant de maturité que je me demande ce qu'elle fait avec mon bébé en dehors de ce que je n'ose imaginer, l'attire un soir sur deux dans l'appartement qu'elle habite avec un colocataire. Dans mon temps, si on vivait avec un garçon, on partageait peut-être le loyer mais à coup sûr le lit. A se demander si nos enfants sont moins sexuels ou moins obsédés que nous l'étions. Je suis ravie qu'Albert ait retrouvé son tonus mais, sans donner raison à son père, je voudrais m'assurer qu'il ouvre ses bouquins avant ou après que Mélanie le déconcentre. « Tu n'imagines pas à quel point Mélanie m'aide, m'a-t-il dit quand je lui en ai glissé un mot. Elle a même terminé mon travail de socio que j'avais laissé de côté parce que ça m'ennuyait. Jamais une fille s'est occupée de moi comme ça. Faut dire qu'elle est déjà à l'université. C'est un gros avantage et j'en profite. » J'avoue être restée sans voix en découvrant que, parmi ses nombreuses qualités, Albert possède lui aussi un sens pratique surprenant. A ce jour, j'imaginais que seule Maud avait les pieds bien vissés sur terre. J'en ai donc profité pour faire allusion au périple en Inde. « Je ne veux pas décevoir papa et ça me fait rêver aussi mais je ne suis pas encore décidé. Si je te disais que je pars en Inde, tu n'annulerais pas notre voyage en Alaska pour autant, hein, maman ? » Devant tant de pragmatisme, je m'incline. « Au fait, ai-je glissé, j'ai croisé récemment le directeur de l'école d'architecture. Tu sais qu'on accepte déjà les inscriptions pour l'an prochain. » « Évidemment je me suis déjà inscrit. Depuis qu'on est petits tu nous répètes qu'un tien vaut mieux que deux lapins angoras. Je t'écoute. » Et il s'est approché de moi, a saisi ma main et y a déposé un baiser soufflé. Quand je pense que certaines mères se sentent en compétition avec celles qui rendent leur fils heureux. Tiens, il est temps que j'offre un petit cadeau à cette fille. Un guide sur les Indiens du Nouveau-Québec. Beau voyage à faire sans risque de choléra, de fièvre typhoïde, d'hépatite, et des aurores boréales et des étoiles filantes plutôt que des ondes cosmiques et des gourous qui lessivent les cerveaux.

Rachel réussit à me tomber sur les nerfs avec les préparatifs de son mariage. Elle souhaiterait que je sois une de ses dames d'honneur (si j'ai bien compté elle en aura cinq). L'argument religieux pour me désister ne tient pas, sa rabbine poussant le libéralisme jusqu'à admettre des goys autour de la mariée. Je ne sais pas si mon explication est cachère mais une chose est certaine, il m'est absolument impossible d'avouer à Rachel, qui a perdu tout sens du ridicule, que j'ai du mal à me prêter à cette mise en scène hystérique. Il me semble qu'une mariée quinquagénaire oblige à plus de retenue. Je serai donc condamnée à jouer la figurante en robe longue couleur pêche, une couleur qui m'affadit, le jour de la Résurrection du Christ, entourée de gens qui espèrent encore la naissance de ce dernier. J'observais Rachel au cours du dîner où elle nous avait réunies pour discuter du mariage, Louise, Claire et sa cousine dont je ne connais que le surnom Cookie et j'éprouvais un trouble. La frénésie de Rachel pourrait annoncer le pire. Ou elle claque d'une crise cardiaque avant d'atteindre la date fatidique, ou elle ne réussit pas à maintenir David dans les bonnes dispositions qui sont les siennes à ce jour et elle capote, comme diraient les enfants, ou elle répond non à la question d'usage le jour de la cérémonie. Tout en gagnant sa vie sur le malheur des autres après avoir vécu elle-même un mariage en dents de scie, Rachel a conservé, au fond d'elle-même, une sentimentalité directement inspirée de Barbara Cartland. A entendre ses commentaires grossiers voire obscènes sur le sexe et l'amour, à observer sa manière singulière de transformer en dérision les romances des couples, qui pourrait imaginer qu'elle rêve de marche nuptiale, de voyage de noces sur une plage déserte et d'une alliance sertie de diamants de chez Tiffany, New York. D'ailleurs, l'anneau acheté par David à son instigation repose déjà dans son tiroir parmi les dessous affriolants et hors de prix qu'elle s'est procurés depuis l'atterrissage de ce dernier dans sa vie. La liste d'invités s'allonge de semaine en semaine si bien que je lui ai conseillé de réserver le Stade olympique plutôt que le Ritz. Les autres ont ri, elle pas trop ; j'ai regretté la blague car j'ai senti que je l'avais blessée. Rachel me mystifie totalement mais l'amitié exige que je me déguise en pêche pour son propre bonheur. Combien de temps durera ce mariage ? Si la durée est fonction du nombre d'invités, j'espère que la liste va continuer de s'allonger.

Louise est à moitié calmée face à Paul. A moitié parce qu'elle a tout de même consulté un avocat, malgré Rachel qui le lui avait déconseillé. Elle hésite à entreprendre les procédures à cause des frais encourus mais savoir que Paul va hurler la fait quasiment jouir. Je l'ai traitée d'indécente, de malhonnête, de réactionnaire, ça ne l'a pas vraiment ébranlée. Depuis deux semaines, un nouveau Japonais fait partie de son décor et, comme elle ne se plaint pas de sa performance, j'en déduis qu'elle envisage de le conserver quelque temps. C'est fou ce que Louise attire les hommes. Je l'ai observée chez moi la nuit du Jour de l'An. La façon qu'elle a de les écouter avec intensité ne correspond absolument pas aux propos qu'ils lui tiennent, j'en mettrais ma main au feu, mais plutôt à son désir à elle de les allumer, mariés ou pas d'ailleurs. Depuis qu'elle a quitté Paul, son côté prédatrice a pris le dessus. A la limite, j'en suis choquée. Où cela la mène-t-elle ? Certainement pas au pied de l'autel car, contrairement à Rachel, l'âme sœur pour la vie elle s'en moque.

Rachid se fait plus insistant au sujet du voyage dans les Keys. « Je suis très fatigué », m'a-t-il avoué hier et, ne l'ayant jamais entendu se plaindre, je me suis demandé s'il ne me cachait pas quelque chose. Une maladie soudaine ou une lassitude qui m'inclurait. J'ai failli dire d'accord mais j'ai résisté. Qu'arrivera-t-il si, après trois jours de tête-à-tête, je m'ennuie ? A part les crocodiles et les promenades en bateau qui me donnent le mal de mer, qu'y a-t-il à faire ? Rouler de Miami à Key West sur les jetées prend à peine une journée, pas sept. Je préférerais Paris ou Rome ou Londres. « Je crois, Jeanne, que tu as de la difficulté à laisser un autre choisir pour toi », m'a-t-il dit avec gentillesse mais aussi un soupçon de reproche. « C'est vrai que la Floride ne m'attire pas », ai-je dit, mais je me retenais car, à cause de sa remarque, j'avais envie de lui sauter à la figure, une vieille rage oubliée refaisant surface. Rachid n'y est pour rien, je me le répétais. Calme-toi, cet homme te veut du bien. Cet homme t'aime. Il me fixait comme s'il comprenait mon déchirement. Avais-je, moi, envie d'être aimée ? Il était peut-être temps que je réponde à ma propre question.

Du même auteur

Aux Éditions Albin Michel

Lettre ouverte aux Français qui se croient le nombril
  du monde, 2000.

Chez d'autres éditeurs

La Voix de la France, Robert Laffont, 1975

Une enfance à l'eau bénite, Le Seuil, 1985

Le Mal de l'âme, en collaboration avec Claude Saint-
  Laurent, Robert Laffont, 1988

Tremblement de cœur, Le Seuil, 1990

La Déroute des sexes, Le Seuil, 1993

Nos hommes, Le Seuil, 1995

Aimez-moi les uns les autres, Le Seuil, 1999

Composition réalisée par IGS-CP

Imprimé en France sur Presse Offset par

BRODARD & TAUPIN

GROUPE CPI

La Flèche (Sarthe).
N° d'imprimeur : 26881 – Dépôt légal Éditeur : 52577-12/2004
Édition 01
Librairie Générale Française – 31, rue de Fleurus – 75278 Paris cedex 06.
ISBN : 2 - 253 - 11172 - 4